马慧元 —— 著

音乐之错

上海文艺出版社

目录

自序 / i

音乐之错 / 001

音乐之愈 / 019

音乐之中：人与我 / 039

音乐之动 / 055

谁动了我的音乐 / 073

那些不能言说的：音乐、表达及其他 / 091

古尔德、多声部和多相大脑 / 109

音乐中的重复·重复中的音乐 / 129

音乐、气场和"系统1" / 145

音乐：看与听 / 165

音乐时间与节拍器剪影 / 185

音叉：音与物的偶然 / 209

管风琴和教堂的前世今生 / 229

开普勒、音乐和玻璃球游戏 / 251

对位 / 273

自序

几年前写过一篇后记,标题叫作《两手掰开记忆,青春无路可逃》,为一本怀旧文集而写。音乐浸透了记忆,或者说它就是记忆的形状,不是吗?

多年以前,我写过一些随笔,相关音乐的细节和历史,更多则是音乐和生活的联系——"写"本身充满危险,人在写的过程中变化、演化,从一堆可能性中突围,有可能喂养出新的自己。不过六七年前开始,我已经厌倦,也终于说服自己不会再写什么。然而,谁知道沉默的身体之中,有什么渴望在默默生长?渐渐地,我从心中清晰地读出一个新奇的愿望:观察音乐的原理,看看它跟数学、物理有多少传说中的联系?几年孤独的寻找之后,历史的真相似乎有那么一点点清晰了:音乐和科学,并没有一贯的"互利互惠"或者"此消彼长",它们偶尔彼此激励,更多的时候自说自话。然而历史上努力撮合它们的人里,有多少科学、音乐史上的英雄!他们失败了吗?边界在寻求中凸显。很感动有读者把我这样的探索和梳理称为"思想地图",那么《一点五维的巴赫》就是第一部。

仍然有太多"未回答的问题",《音乐之错》算是下一步的展开。作为一个长期听音乐、经历各种感动的人,同时也是一个业余管风琴手,我对"感动"本身也有太多疑问,大概是程序员的职业习惯所致,总要问个为什么。那么打开音乐细看,打开自己的谱子细看,我开始猜想种种音乐语汇并不仅仅是文化产物,背后会有一只看不见的手,这就是人脑的生理共性,它操纵着从创造到倾听的历史。这时我迷上了神经科学,上了一门门网课,收集了大量书籍。原来科学家们早有观察,各种实验也把音乐与人脑的作用考量到极致,但还远远不够。就这样,音乐中的一切都成为我观看神经科学的窗口,从音乐中独特的"重复"手段到漫长的节拍器传统,从曲式结构到旋律的时长,从全身运动的管风琴演奏到几秒之内的动作规划……许许多多重要的关联,我才刚开始知晓。音乐与语言、音乐与时空、演奏过程的手眼配合、身体和手指位置的记忆、乐器的设计与视觉习惯、节拍器和音叉在历史上对神经科学巧合的启发……处处都应言说,语言的背后是宏富的大脑进化史、文化史,音乐也是。我日常练琴、演出,把自己当作试验品来观察,从动作记忆到并行的音乐处理,过去习以为常的"音乐体育"处处都充满奇迹。读一行谱,大脑辨认出音高,手和脚找出几个音并且弹出来,这个瞬间会调动人脑八百六十亿个神经元中的几百亿?其复杂度可能超过我们日常可见的"万丈高楼平地起"。仅就倾听和接收音乐的过程来看，人脑不断预测声音、不断制造模型、不断出错并纠正，几毫秒内就不知有多少故事发生，如果科学家用 fMRI 来追踪的话。

音乐或者说所有艺术，都是神秘之物，因为接受者的思绪天马行空，谁也控制不得。音乐又充满物质之间的交互，它是空气振动与听者合作的产物；人脑的听觉、记忆、文化、共情、模仿、身体运动等等堆积在一起，才化合出"音乐"这样一种古老而无处不在的人类活动。自"音乐"一词凝聚成形，它也开始积聚秘密。几年来，我作为观察者、思考者的好奇心燃烧不休（差不多成了一个读书狂、学习狂），并且幸运地获得编辑的支持，才没有那么孤独，才能持续地记录自己在音乐和科学交互之处上小心翼翼的探寻。各种问题并不一定有答案，我只希望能用个体的操作和学习经验，点亮那个变动不居、被科学认知时时刺激的边界。

然而音乐仍然是人生的一部分，尽管那个人生可以由自己的四岁、十四岁、二十岁等等无数瞬间化合而成。我自己的一部分也常常轮回到往昔，想把自己交给音乐中的亲切和温甜，以及那种不说不想的纯真（且慢，人脑真有这种状态吗？恐怕还是自欺欺人）。当我坐下来认认真真地用文字表达，发现自己谈论音乐已经离不开科学和历史的语境，因为我相信它的重要，相信物质事关音乐本质,科学不应成为音乐的禁区。这就是当下自己的思想状态,无法伪装。音乐是"天真与经验之歌",也是不可踏入两次的河流。曾经,我的文字更感性、更能传递情绪和生活,跟他人的青春共振,而当下的自己告别了那条道路,尽管我仍然相信音乐的感人,敬畏它的神秘。一个相关声音的关键词、一个温和的乐句,仍会射穿理性的城堡,让无头绪的记忆喷薄而出。

  青春记忆仍可追索,当下的选择却已无路可逃。

音乐之错

音乐演奏，错之痛

作为一个非职业音乐家，一个偶尔登台表演的普通人，并且极为幸运地，演奏一种上台无需背谱的乐器——我都觉得古典音乐的表演，真是血泪斑斑。虽说音乐表演之中，真诚、内心的表达和享受都至关重要，但"对错"也极为重要，它来自不断的重复练习，但重复只能保证你无限接近准确，真正的准确则是一只薛定谔之猫。只要这是一个有"答案"的演出，哪怕答案并不唯一，也没有人能忽视这个永恒的自我批评，大师也不能幸免，甚至只会更苛刻。此外，我作为常看钢琴比赛的好事者，也亲眼见过许多才华横溢的年轻音乐家因为小错被淘汰，本来十分出彩的音乐表达失去了上场的机会。大家都知道，错误并不只是错音，还包括读错、记错以及对音乐处理的失控。每个人都首先从毁灭人心的慢练开始，经历了把人烦到死的重复，把那个渺小但顽强的自我摧残无数次，也重塑无数次，这才让它暂时，在几分钟之内，假装巴赫到有了几分相像的程度，并且，能在任何需要的场合，把自己调动得能复制出那个人生命之中的一个瞬间。

　　无数次的重复，无数次地粉碎自我，谦卑地假装别人——尽管那个人美好如巴赫·莫扎特，但这个削足适履、鹦鹉学舌的过程，怎么想都有点讽刺。更何况，这样的鹦鹉都数不清了，我最多也就是给世界上增加一只而已（还是略丑的一只）。万般凑巧的时候，自己和巴赫在某些点上突然找到了一个既舒服又妥帖的合作瞬间，好像最类似巴赫的时刻，正好也是一个最快乐的自己，这种极小概率下的交汇，犹如灵光一闪，何其难哉。之前的自己，倔强也好愚昧也好聪明也好，都消失殆尽，或者说隐入记忆的纤维。古典音乐演奏家、芭蕾舞大师以及各种表演者，任何有着"正确"要求和负担的人，都要经过漫长的痛苦，才能迎来这样的高光时刻。而大家都说服了自己，这很值得。

　　每次从台上下来，心里总有万千感慨，有时好有时不好，但那一波"在别人面前展现自己"的惊魂和兴奋都不变——我猜哪怕职业演奏家也脱不开公众展现的包袱。自己是人类的一员，上台的体验是更激烈地做了一次人，而回想起音乐会开始之前焦虑的分分秒秒，都觉得世界的纤维因为紧张和敏感而放大，因为放大而现出七彩。等待，灯光，地毯，观众中轻轻的声音，台上台下对峙的状态……然而记忆也有自己的纤维——漫长的记忆强行压进练琴的过程,终将会在记忆中引爆。"追忆逝水年华"抑或"追寻逝去的时光",如果我们倾诉起来敢有普鲁斯特的体量,那么整个表演的过程其实是放大了自身——不——是我所能认知的整个世界的记忆。

蒙特罗,非典型音乐家

Uncommon Measure 是韩裔作家霍奇斯(Natalie Hodges)的一本新书,既是回忆录,也是音乐与科学互相照耀的反思。标题十分机灵,以至于我不能翻。Measure 可作度衡之解,也是音乐中的小节,复数形式更可以读成一般性的"手段",读完全书,我觉得这里的 measure 既是音乐,又是时间。"如果你想改变过去,只需要把过去书写下来。"这是全书的第一句话。是的,音乐雕刻时光,阅读也会,记忆更会。

作者的母亲来自韩国,勤奋聪明,热爱音乐多年,当音乐家不成,最后去哈佛学了法律,自嘲完美成就亚裔移民刻板形象。多少年里,这个家庭都活在古典音乐中,妈妈付出很多,一人拖着四个娃去音乐厅听古典音乐会,一家人的生活就是绕着练琴转。家中的长女也就是作者,刻苦练习小提琴二十年,能表演帕格尼尼。但她不仅仅是个被逼练习的琴童,她真心爱古典音乐,梦紫魂牵要当演奏家，不幸的是，她有些怯场，并且性格高度敏感，在上台的经历中反复自我折磨。老师也曾告诉她"不要再练了，你远远达不到独奏的要求"。她不肯服输，拼命练习，终于在比赛获奖，在青少年乐团当上首席，最终还是以充当爱好者告终。在决定停止拉琴的时候，她用爱得最深的巴赫的《恰空》作为送给自己的谢幕曲，告别二十年的音乐时光。不怎么拉琴，就有了大把时间，她去跟朋友跳舞，后来在跟别人一起"玩音乐"的过程中，偶然地发现了即兴演奏的新天地，可是她发现受过严格古典训练的自己，怎么也无法像即兴音乐家们快乐地"瞎弹"，她是一定要提前写下乐谱不可。对此我感同身受，我认识的老师们跟"错误"都有不共戴天之仇，他们也大多无法即兴，因为没有特别练习过，也因为实在无法克服自我批评。正统古典音乐需要无限的重复、分析、自控和重塑，呈现给大家最好的结果，而即兴完全不同，它需要的是"把自己交给时间"，霍奇斯这样总结。理论上来说，即兴不过是作曲之一种，只是以当下的反应作为驱动，并且不重复思虑，不批评既往，厚着脸皮跟失误共存——用霍奇斯的话来说，即兴就是不断在淹死的边缘挣扎着爬出来。那么许多演奏家其实是可以写一点东西，却对即兴格外无力，为什么？

让她深受震动的即兴天才，是出生于委内瑞拉的钢琴家蒙特罗（Gabriel Montero）。这位中生代"非典型"钢琴家从小学音乐，可以说是个神童，跟别人一样规规矩矩从古典开始弹，并且幸运地获得政府资助到英国和美国学习，但也在自发的音乐幻想和正统学习的矛盾中备受折磨，一度几乎决定放弃音乐。磕磕绊绊的人生之中，她没有放弃自幼就顺手拈来的音乐幻觉，一次偶然的机会，她获得了阿格里奇大师的鼓励："这太不一般了，你一定要跟人分享。"当时她是个单亲妈妈，银行里只有一千美元存款。此时委内瑞拉内乱频频，她抗议政府，所以不愿演出，不过听说"我只要就这么弹，就可以不再缺钱"，遂开始音乐会事业，渐渐扩大到许多国家，并向观众介绍委内瑞拉。我看过她在欧洲演奏的视频，颇受震撼。虽然是即兴，但充满古典风格，常常有复杂完整的结构，好像深思熟虑过很久，其拿手好戏是邀请现场观众给一个主题，当场就把它变成一个巨无霸般的交响变奏。她说曾经有许多人造谣，说她在观众中安排"托儿"，事实倒是名气大了之后观众有备而来，带着自己喜欢的民歌旋律来挑战她。

霍奇斯对蒙特罗着迷不已，反复听她的即兴演奏录音，不能自拔——这些音乐原本仅仅为了"存在一次"，但不一定止步于此。一次性的音乐和永久的音乐，是一种含义丰富的隐喻。在她的高密度音乐中，时间和记忆合作出如此甜蜜的体验，值得重复品味。霍奇斯也开始好奇即兴演奏背后的神经科学。

有一段时间，蒙特罗就是神经科学界的名人。加州大学的神经科学家、脑科医生、爵士爱好者利姆博士（Charles Limb）有个课题，就是研究背奏乐谱和即兴演奏所激活的不同脑区。课题邀请了一些擅长即兴的音乐家，绝大多数是爵士乐手，蒙特罗是唯一的古典钢琴家，大概是古典音乐家中的即兴者太少了。

实验用的是常见的功能性磁共振成像（fMRI），音乐家们像病人那样钻进核磁共振扫描仪。这是目前常用的观测脑区活动的手段，基本方法就是测量区域的血氧水平。实验显示，即兴演奏的时候，负责控制认知的脑区，背外侧前额叶皮层（Dorsolateral Prefrontal Cortex，简称 DLPFC）处于极不活跃状态。话说 DLPFC 是大脑前额叶的一部分，参与执行任务、切换任务、排除干扰、抑制（不需要的行为）、工作记忆等等。一句话，平常大家做的大部分正事，只要涉及"认真执行"，无论肢体运动还是思考，都离不开 DLPFC，所以它在脑科学研究中十分重要。而它也因为不同的功能，分成许多"小区"，其中跟音乐演奏更相关的包括，联系初级运动皮层（Primary Motor Cortex），并把较为自动化的动作转到那里。

而人脑本身就是一个复杂的制衡系统，有了某方向上的 X，也就会有反 X 的功能和区域去控制或者松弛它，所以有了认真执行任务的 DLPFC，也就有个负责"不太认真"的区域——这就是"默认模式网络"[1]。人醒着并且没有集中操作任务的时候，预设模式网络开始活跃，说白了，发呆走神，做白日梦等等状态，是它上场的时候。所以大脑是不会真的闲下来的，即便没有目的性，也会自说自话。它跟自我意识、自我感受也极为相关，大脑在集中精力操作的时候，它的活跃度就较低。

而这个网络中的内侧前额叶皮层（Medial Prefrontal Cortex，简称 mPFC），正是利姆博士的实验中测出来的，在即兴演奏中十分活跃的部分。过去有研究发现，这个区域活跃地参与了人的自我感知，而且可以是一个松散融合了过去和现在的自我。自我意识凸显的时候，批评和禁止意识都开始放松，一个较自由的"我"就凸显了，进入一种"心流（flow state）"状态。

利姆的研究也指出，即兴演奏的时候，各脑区的联系反而更强，比记忆或照谱演奏要强得多。这当然符合常识，即兴是一边演奏一边倾听一边作曲，比照本宣科，哪怕是高度集中的照本宣科涉及更多种类的思考。它也并不是无中生有，演奏者把基本和声玩熟到完全内化，比如当年的巴洛克时期，即兴者可以根据一段数字

---

[1] Default Mode Network，简称 DMN，由内侧前额叶皮质（Medial Frefrontal Cortex、后扣带皮质（posteriorcingulate cortex）和角回（angular gyrus）等区域构成。

低音或者简单的和声进行，配出完整的旋律。演奏者也会随时引用自己过去弹过的东西，即时发挥。总之，即兴演奏并非完全没有自我审视，而是用得更经济，并且和其他方面结合，说白了，对错误的关注被省下来，更多是忙着计划下一步。我自己也觉得，练习即兴弹奏的时候，对音乐听得更清楚，因为必须边听边根据目前的趋势迅速编出后面的音符。有趣的是，练习即兴之后，再弹经典曲目，也会对某些元素看（听）得更清楚，这不仅是我自己的感受，也是一些音乐家的心得：鼓励学生即兴弹奏一下，之后弹规定曲目突然明白多了，因为"听和计划"融入了习惯，而人们弹经典曲目，最容易的就是陷入自动化，不听不想，只关心有没有错。

我看了霍奇斯的推荐，去读了利姆博士精彩的论文[1]，产生了一点疑惑。大脑这东西最难办的就是某一脑区会承担多种任务，而每种任务又涉及多个脑区。这种多对多的关系，让人很难孤立一项去研究。比如DLPFC更偏重反馈，但也负责做决定，而mPFC，不光是"整合自我"，还要协调"动作自动化"和"从记忆中提取音乐要素"之间的竞争，所以也要做选择；mPFC还要细分成好几个区域，负责不同的指令。同时，它跟记忆

---

[1] Andrew T. Landau and Charles J. Limb, "The Neuroscience of Improvisation," Music Educators Journal 103, no. 3 (2017).

相关，但 DLPFC 也和记忆相关。有趣的是，蒙特罗在利姆的实验后，声称自己完全记不得弹了什么，但对音乐的记录显示，她的演奏有清晰的结构和路径，就好像作曲家经过规划的作品。

近几年来，关于即兴演奏的神经科学研究、心理学研究越来越多，分得也越来越细，后人在利姆博士开创的基础上，观测到不同即兴演奏（针对节奏、旋律、音乐形式的即兴）体现的不同侧面（情绪变化、专注度、做决定等等）对应了分布更广的脑区，这个话题几乎可以形成一个神经科学分支。当然，从音乐家的角度看，经典和即兴并非截然分开。很多古典音乐演奏，甚至包括个别比赛，都鼓励一些即兴成分；古典音乐演奏对完美的要求很高，但从来都不鼓励复读机式的演奏。我还发现另一位科学家，贝蒂（Roger Beaty）在 2015 年的研究发现，后来的实验结果并未重现利姆博士的结论，在他们的即兴演奏实验中，DLPFC 的活跃度反而增加了，mPFC 的活动倒减少了。原来，他们的实验增加了一名演奏者，要求合作进行，这样即兴就不是完全随心所欲。这一研究，并不是证明利姆教授错了，而是从另一侧面解释了人脑无处不在的"自我审查"，跟别人合作就是一种审查。其实，利姆也有个多名即兴者合作的实验，但侧重点不同，他揭示了这种"合作即兴"体现了音乐和语言的相似之处，音乐此时成为沟通的工

音乐之错

具。利姆的实验还包括，演奏者遵循要求（比如使用某种特定节奏）的时候，DLPFC 就会显示一定活跃度，当完全除掉要求的时候则明显安静了；而演奏者按照要求，事后回想即兴的内容并且重现，DLPFC 不出所料地又开始活跃。

其实，自我批评和审查，是大脑的日常活动，涉及许多层面。例如，伸手从桌子上拿杯水。这个小脑、运动中枢和视觉系统一起工作，并不断反馈纠正的过程，就相当复杂。而即兴演奏作为"放松审查"的状态，在音乐演奏中的确有些特殊，但在即兴讲故事、即兴游戏、即兴煮咖啡、即兴踢足球这些事情中，是不是也那么特殊？相信更多的研究者会有科学的分类来讨论这些活动。此外，因为思维定势的区别，一般古典音乐家学起即兴，要努力克制自省的"陋习"，所以有一些劣势。有研究证明，古典音乐家学习即兴演奏，比未受过音乐训练的人更困难。不过，会比科学家读诗更难吗？比诗人写程序更难吗？人脑毕竟极可塑，蒙特罗自己就是个例子，她至今在古典音乐钢琴家行列仍能留住一个位置，经典曲目的演奏质量相当高，开音乐会可以做到经典和即兴平分秋色。最有意思的是，利姆的研究还显示，音乐家演奏经典作品达到自如的时候，DLPFC 也会安静，这正是可遇不可求的、随心所欲不逾矩的心流之境啊。这个境界对人脑的奖赏很高，说白了，经典演奏家就在这种诱惑之下，深陷其中乐此不疲。利姆博士自己就是大乐迷，他建议音乐教育中应该包括即兴，寻求一个自我批评和自由的平衡点，激发音乐家的创造力，也让人演奏经典的时候，有那么一点点信心甚至偶尔的"自我爆棚"。

即兴，记忆，时间之箭

我自己偶尔也尝试一下各种样式的即兴演奏，从一开始连手都不知往哪摆，到慢吞吞地从音阶展开一点想象，然后能发明一些好玩的旋律，然后结结巴巴地应用一点简单的和弦，但弹着弹着忽然就忘了自己想干什么——可是，天啊，没有人会批评我！这种自由让人十分上瘾，因为快乐来得很快，不像经典曲目那样经历痛苦的破茧成蝶。当然我也知道这只是事情的一个小小侧面，即兴演奏也需要大量的练习才能积累基本的语汇，不少高手都经过了艰苦的训练。即便如此，他们还是离快乐比较近，因为"自我"随时呼之欲出，而在经典演奏中，那简直是被埋在十八层地狱之中啊。

其实我是个摇摆派，我会惊叹即兴音乐家的瞬间创造力，同时我也惊叹"演奏别人的作品"这件事情居然没有从我们的文化里消失，也就是说，即兴演奏如此快乐，那么到底是什么力量，让"经典音乐演奏会"这个折磨从业者一辈子的活动仍然存在，甚至还比较强势？写文章探讨"为什么即兴演奏从西方音乐文化中衰落了"的倒是不少。而且，即兴演奏虽然在欧洲古典音乐语境里也曾是日常，但那至少是一百多年前了，在如今的古典音乐界很不普及，凤毛麟角的演奏者不容易有平台，观众也没有切身的体验去欣赏它。一句话，娱乐自己容易，让几千人花钱来听，难。著名如蒙特罗，能在演出现场鼓动大家给出好玩的主题，成功的时候能点燃全场；也有个别演奏家在经典曲目的整场演奏之后，加个愉快的即兴演奏作为欢乐的安可，但有多少人会买票去看一个即兴全场，演奏者一直梦游似的发挥？这肯定不适合现代音乐会的设置。它在流行、爵士乐中当然一直存在，依赖的是一种不同的文化，而一旦被套上了严肃音乐的帽子，"快一点的快乐"基本就与你无缘。其实，经典曲库之中，有不少作品都有即兴成分，演奏者自己即兴过，才能理解作曲家的兴之所至——那个人曾经 high 得魂飞天外，而后人却要用大量的痛苦来复制它，这是事实，不是必然。你可以说这是"失其本心"，但时间和历史，就能改变一切，往日的初心，要等到下一波轮回，才可能重现。

话说古典音乐作为音乐产业链之一，早已固化了一种文化，比如绑定了"求精"这种文化需求。谁都知道，巴赫经过了两百年考验，在林立的作品中竞争胜出，其作品的质量和心智的含量肯定超过目前绝大多数；一位大钢琴家或许是施纳贝尔就说过，"我只弹比我好的音乐"。而古典音乐这个现存的精品库，也能从理论上保证听者的选择，至少是一种不坏的时间投资，这只是部分原因。种种文化需求中，我想至少还包含一个奇妙的点，就是人类需要回忆：个人的回忆，想象中的回忆，回忆已发生的，从未见过的，可变的，未知的，但它们似乎跟历史知识若即若离，说服我们相信它植根从前。"自我爆棚"固然很爽，但不是幸福的全部，总有人想成为别人，至少去体验别人，体验"非我"——在一场音乐会的时段内，进入远方和过去。这种体验是演奏者用记忆和日复一日的重复换来的，我们谁也不是那个人，听者和演奏者心照不宣。

自我和他者，时间和生命——人类整体的经验互相照耀，一起重写。时间不会回头，但主题可以叠置，记忆可以折出大厦，甚至生命也能弯曲成世界。有的时候，我们的目的是放大时间，有的时候是折叠它。也许因为渴望重现，我们重弹老音乐，重讲老故事，重写自己，所以一部分人在给人类生产和加强回忆，他们的主要目的是折叠时间箭头；另一部分人则跟时间箭头携手前行，给人制造新的回忆，这些新鲜的子弹在飞，在新时空中燃烧殆尽，然而它们也依赖现存的轨迹。所以，即兴这样的活动，也会时不时蒸馏出过去的自我。蒙特罗也经常弹一些记忆中的段子然后加以发挥，有人说这是"当下的自己跟过去的自己一起弹"。她小时候，妈妈悄悄录了一些她的即兴，而现在跟过去一对比，发现她常常提取童年记忆来演奏，尽管自己不觉得。这很正常，每个人的"自我"都是由四岁、十岁、十五岁……许许多多个自己叠加化合成的，每个人都是一个仓库，其中某个小我伺机出动，音乐是最响的呼唤。

我喜欢的一位美国文学评论家，也是一位研究普鲁斯特的专家，温斯坦（Arnold Weinstein）不止一次在文章里引用一个细节："我认识一位研究莎士比亚几十年的专家，我问她：'你觉得自己对莎士比亚了解多少？'她回答：'不如他对我的了解多。'"这话含义多么丰富。他还说过一句话："读书花费时间吗？不，它给予时间，因为它让你多活了很多个人生。"是的，如果我们有普鲁斯特无穷记录、无限联想的能力，我们假装成别人、收缩在别人几分钟生命里的人生，是可以还给我们的。只要有人脑的存在，时光就会被塑造，人人都有自己微妙的生命轨迹和时间刻度，所以演奏者跟前人永远对不上；对不上但在逼近，一次一次，我们在音乐写下的虚拟时光中挣扎，明知记忆是模糊的，我们仍然不断地跟前人对表。

参考文献

1. Natalie Hodges, *Uncommon Measure: A Journey Through Music, Performance, and the Science of Time*, Bellevue Literary Press (2022).
2. Arnold Weinstein, *The Lives of Literature*, Princeton University Press (2022).
3. "Medial prefrontal cortex and self-referential mental activity: Relation to a default mode of brain function", https://www.pnas.org/doi/10.1073/pnas.071043098 (2001).
4. "Expertise-related deactivation of the right temporoparietal junction during musical improvisation", https://pubmed.ncbi.nlm.nih.gov/31899286/ (2019).
5. "Expertise-related deactivation of the right temporoparietal junction during musical improvisation", https://pubmed.ncbi.nlm.nih.gov/19715764/ (2009).
6. "The neuroscience of musical improvisation", https://pubmed.ncbi.nlm.nih.gov/25601088/ (2015).
7. "The Neuroscience of Improvisation", https://journals.sagepub.com/doi/abs/10.1177/0027432116687373 (2017).
8. "The Improvisational State of Mind: A Multidiscipli-

nary Study of an Improvisatory Approach to Classical Music Repertoire Performance", https://pubmed.ncbi.nlm.nih.gov/30319469/(2019).

音乐之愈

一

最近我看的几本书，都恰巧和"失败的古典音乐家"有关：作者都从小学琴十几年，十分刻苦努力，跟古典音乐有着不一般的缘分，无奈日后的生活让他们跟古典音乐背道而驰。书写回忆，都是有特别的音乐经历想倾诉，结论都是不后悔学音乐，也不后悔放弃，但思维习惯中，仍然有自责的本能（天知道古典音乐的学习者们，羞耻感多么深入骨髓），跟音乐的关系，则已经是恨过好几轮，但往往又得天启，最终既反思自己也反思音乐世界。这样能发声的幸运儿也颇为感人，我想以后他们应该在世界上形成一个特别的群体，倾诉爱恨，更重要的是，能交流自己的"后音乐生活"。

2004年，纽约时报发表过这样一篇文章：《茱莉亚：十年之后》，讲的都是这种真实的故事。大名鼎鼎的茱莉亚音乐学院中，来的都曾经是当地的神童、小名人，你好不容易进了名人堆里苦苦挣扎，不料这并不能保证你毕业后一定能拿到一个乐团位置，毕竟乐团越来越僧多粥少。大批人重新面对生活的冷酷，房租付不上，"实在受不了穷日子了"，终于卖了自己的乐器，改行。有人卖保险，有人在商店里卖东西，还有不少硬着头皮重新学门谋生的技艺。能教学生的，还算幸运了。最终能拿到管弦乐团稳定工作的，还不到四分之一。这就是大名鼎鼎的茱莉亚毕业生现状。2020年，纽约时报上另有一篇文章《歌剧消失了，他们的梦幻工作亦然》。新冠中，大都会歌剧院的音乐家们遭到沉重一击，有些刚出道的歌唱家的生涯被拦腰斩断，不少演奏者索性退休。演艺生涯的脆弱不消说，音乐家普遍别无长技，曾经幸运得住在林肯中心附近昂贵公寓的人，一瞬间不得不带着家人从纽约州搬到南卡，跟兄弟姐妹一起住，给父母打工。

英国乐评人莫里斯（Hugh Morris）在2021年写过一篇文章《面对古典音乐界的酒精问题》，"每当有人想直面这些深植于古典音乐界的问题，总会被批评为'想要剥夺这个艰难职业的唯一一点快乐'"。"新冠之后，音乐会组织者们都说必须让音乐会更通俗才能吸引到人，可事实上这个文化却在'更通俗'的借口之下，更酗酒。"

与此同时，生活中的许多人，听说你会弹拉吹什么乐器，都会赞美道："好棒，我要是能也能演奏XX就好了！"然后他们听说你现在放弃了，又会齐声说："真可惜！"还有个轶事：有位著名鼓手出现在电视访谈上，主持人恭维说"我真希望自己能敲得这么棒！"大师说："不，你并不想。""怎么？""如果你真想，现在已经敲成我这样了。"

问答之间，是人与人生活万里之远的、谜一样的距离。

《音乐之结》（*Wired for Music: A Search for Health and Joy Through the Science of Sound*）也是这样一本书，内容较芜杂，从早期练琴的炼狱，到后来对世界音乐的探寻，以及音乐对人脑的作用和治疗。强行简化的话，这书写的是人和音乐的相爱相杀，也是人站在不同角度"看"音乐的影像。这样的书必然难写，因为要形成一个完整的叙事，似乎就要有个结论，而一个探寻的姿势是不好找到结论的。读完本书，我倒是相信，是写作的过程在帮助她和自己和解，与音乐和解。她在自己的博客上列举"最遗憾的事"，就是"花了太久才从音乐后的创伤中恢复"。

作者阿德里安娜·巴顿（Adriana Barton）是加拿大一名记者。五岁开始拉大提琴，据说是这么开始的，"一个白头发的老师问我想不想拉大提琴，我把 cello 听成 'Jell-O（果冻）'，就点点头……后来老师给了我一把儿童尺寸的琴，让我试着拉一下……终于拉出声音，我感觉一种强烈的振动从头穿到底，可是找不出一个不难听的词来形容,因为我想说的是,'屁股都感觉到了'"。

到了可以用成年琴的时候,画家妈妈是用自己的一幅得意之作去换了一把琴,本来她一直留着,想卖个好价钱的。平常,小姑娘练习的时候,妈妈就经常在旁边拿她当模特画素描。

学琴的过程除了痛苦,也有很多小小的、令人兴奋的进步,比如跟钢琴伴奏老师的合作。掐指一算,到了十三岁,已经在教室里花了340小时了,可是越来越讨厌自己的老师,遂换成一位渥太华乐团的演奏员。十六岁生日的时候,在马友友的一场演奏会后,她被妈妈拖着追星追到后台,善意的大师问她正在练什么曲子,还把自己名贵的斯特拉迪瓦里给她拉。她吓傻了,只敢拉了几个音符,然后怯怯地问大师"一个自己已经知道答案的技术问题"。

后来,她极为幸运地进入美国克利夫兰音乐学院学习,但不久后又不走运地拉伤了手,这对她是个转折点,从此灰心掉。她跟老师道别,收拾东西离开美国。回到加拿大,她在商场的餐厅里当服务员,之后终于有机会进入麦吉尔大学,几经波折后拿到音乐学位,也有了一些小小的出风头机会,一切看上去并不太糟。可是,经历这些年轻学习者都有过的怯场、自我怀疑和厌倦之后,她想来想去,为自己选择了另一条音乐之路:

去了解古典之外的音乐。在蒙特利尔的经济萧条中，拥有名牌大学演奏学位的巴顿好不容易找到个在电台做接待员的工作，就这样，一个曾经勤奋自律的古典音乐家天天打招呼的是睡眼惺忪的摇滚明星，也算入乡随俗。

"你不会写音乐，根本不是真正的音乐家。你只会拉别人的音乐，像寄生虫一样。"说这话的是一个朋克鼓手，在街头表演中天天尝试自己的新灵感，而她居然被奚落得抬不起头。"是呀，我只会像被耍的猴子一样，按老师的要求多加点揉弦或者多停顿一下。"不过，当这个鼓手离开后，她思来想去恨不得追上他去理论："我没写过歌，但我的演奏打动过别人，让别人在巴赫的音乐中流泪，我并非一无是处！""可是我也知道自己的遗憾。"父亲在她一岁的时候不幸患癌离世，后来妈妈过了一段波希米亚式的生活，拖着两个蹒跚学步的孩子，一路搭车去了温哥华，不久爱上了一个本地小乐队的风笛手！她两三岁的时候，耳朵里其实全是这种嬉皮音乐。天知道怎么回事，后来妈妈生活渐渐安定，离开了那个嬉皮乐手，一家人生活大转弯，她成了最严厉的古典音乐训练体系中的一员，再也没有那种随性的音乐感，甚至不记得自己跟音乐曾经有这么段"前世"的情缘。

二

对于这段"忘记",巴顿后来有过反复的思索。其实,很多婴儿在出生后会记得一些在子宫中听到的音乐。生命、语言和音乐,进化、生存与协作,这些循环相生的概念,不断遇到自己的悖论。而我们的日常语汇,太容易按现成的体系化的人类行为来描述人脑,比如经常会有人说某人有音乐天赋、写作天赋。可是大脑中并没有"音乐脑区""写作脑区"或者"数学脑区"。各种人类活动都极为复杂,也彼此高度重合,所谓音乐才能完全可以分解成一百个方面,其中可能八十个都跟所谓的"语言才能"共享许多特征。但音乐和语言也有明显的分野,仅仅从脑科学来说,有人语言能力受损,但音乐能力尚好;也有人患阿尔茨海默之后,仅有音乐能唤醒部分记忆。

心理学家平克(Steven Pink)在《心智探奇》(*How the Mind Works*)一书中说了句被批判过无数次的话:音乐在进化中不是必需品,它是个听觉方面(可有可无)的奶油蛋糕——语言才是真正的进化果实,音乐只是碰巧发生的附属品。这话当然让音乐学家、人类学家们群起攻之,并且人们发现越来越多的佐证,音乐可能发生在语言之前。而对节奏和音高的感知,不消说对音乐极为重要,但人们常常忽视这两者对语言也非常重要，我们往往是通过节奏和音调的微妙变化来表意的。

人类学家们也基本可以确认：世上没有一种无音乐的人类文化。

但用进化来解释人类文化，或者用古生物知识来解释现在的人类行为，总会让人不踏实，更会陷入愚蠢的陷阱（比如有人轻易认为女人喜欢购物是因为远古时期的采摘，女人喜欢粉红色是因为摘水果，等等），还常常会被种族主义、性别歧视者利用。但人又无法不好奇那个远古的自己和当下的联系。仅就音乐的一个方面——节奏来说，很多人都以为因脉搏之故，婴儿在子宫里就会听节拍了。这个事实是正确的，但原因在哪里？绝大多数哺乳动物的胎儿对脉搏都没有感觉。音乐学家汤姆林森（Gary Tomlinson）在《音乐百万年》（*A Million Years of Music*）里提到一个有争议但也很有趣的考古佐证，一百七十万年以前，人们在凿岩石的时候就已经留下了节奏的痕迹。Rock Music!《音乐之结》作者巴顿很得意自己这个双关。凿石头是当时人类的日常，无数年的操习，尤其是集体的协作，让人学会控制运动中枢，形成了节奏感。节奏也是一种重要的社会连结（social bonding），比如舞蹈体现的协作。而协作本身，比语言和音乐都早得多。

即便作为一个独奏者，弹到一些复杂微妙的节奏我都会想，当我弹得妥帖的时候，我也许就跟作曲家真正地共振了。"一起"是个神奇的词，背后充满美妙的人类故事，足够写出最好听的诗歌。而人和人能在如此复杂的迷雾里"一起"，多个个体能捕捉到类似的东西，更加不可思议。

三

结束音乐生活后，巴顿当自由撰稿人，也给人打扫房间补贴收入，勉强谋生。之后也经历了许多音乐探险，比如在温哥华音乐节结识一位名叫克莱伯的巴西乐手，跟着他们去了巴西，在一个新奇的环境里跟着乐队玩了许多种乐器，真正的吹拉弹唱。离开巴西前，克莱伯给她的箱子里塞满CD，说你可以回去在大提琴上跟着拉喜欢的歌。"可是我早已不拉琴了。"

回家以后，巴顿才发现自己周围的人除了在洗澡的时候哼哼，根本没有唱歌的习惯，大概是怕唱不好。"如果克莱伯来到这里，打死也不会信！""我和妹妹都学乐器，可是从来没想过一起拉，一起唱。"此时妹妹早已放弃了提琴，而若干年前巴顿有机会在公众场合拉琴的时候，家里也只有妈妈来听，学琴多年的妹妹毫无兴趣。许许多多琴童的家就是这样，孩子硬着头皮去面对一个跟自己没什么关系的文化传统，家里也根本想不起来去配合创造这样一种音乐气氛。

此时,她读到一篇文章,《音乐如何释放提高情绪的化学物质》,又是一惊——既然科学都肯定了音乐带给人的喜悦,为什么古典音乐训练却只给我留下抑郁和焦虑?

巴顿的感受并不特别,我们在生活中也经常听说大大小小的古典音乐家被各种焦虑所苦。音乐的产生不可能是为了让人不快乐,那么为什么职业音乐家收获的是音乐的反面?我猜,适量的音乐给人快乐,"过量"则未必;古典音乐的苛刻让人有无穷的空间可以进取,既然"可能",就会成为"期待",因为总有更高的山峰在等待你,不可能不过量;职业世界里的高度竞争感和音乐家的剧烈自我意识捆绑在一起,坚硬又脆弱,一触即溃;音乐教育在进步,音乐职业机会却在减少,卷得越来越厉害。讽刺的是,在这样的职业压力面前,音乐的治愈能力和快乐倒显得微不足道了。电视剧《丛林中的莫扎特》讲的就是这些故事。顺便说一下,《丛林中的莫扎特》虽然让热衷"内幕"的人大为兴奋,但它毕竟是虚构,其作者自己后来的生活则比小说还令人瞠目,则为另话。总之,你可以说音乐界的问题,错的不是音乐,而是"音乐界"或者"音乐工业中人生的一种状态",甚至也可以说,"音乐界"就没什么更好的存在方式,因为人生和内心的永不调和的冲突注定了一种绝境的可能。许多音乐大师(当然,并不限于音乐)似乎

音乐之愈

都把自己交给了魔鬼,牺牲了正常的人际关系,要么孤立,要么跟别人恶斗不断。这些处于创造人性的艺术中心或者说黑洞中的人,却变得"更不像人",人的心理现象就这么难以理解。

此外,如今网络资源丰富,传统音乐的教学方法越来越科学,只要有兴趣在网上搜索,不时会看见钢琴教师分享心得。可是,让孩子弹好一曲,甚至弹好几年、走上专业道路的方式,能让他们多爱音乐几年吗?能让他们在闲暇时想起来听张唱片,去一场音乐会吗?一个严格的老师可能教出比赛获奖者,但不是也会制造出许多像巴顿这样,被音乐竞争的黑暗面所伤,决然放弃音乐的学生吗?

我作为一个关心音乐界的读者,面对的事实是,这个古典音乐世界,摸索出越来越多让幼儿和青少年学音乐的办法,比如小朋友能演奏越来越深的作品,而且做得很好。但怎么能让他们长期爱音乐,似乎没有好的药方。难道爱音乐比参加钢琴比赛还难,怎么会?大概是不同的人生绽放在不同的系统参数之下吧。

四

音乐真的能治愈,能影响大脑吗?书中提到个著名的实验,实验心理学家罗斯舍尔(Frances Rauscher,

此人就是个前古典大提琴家，还是个神童，不过放弃了音乐去学心理学）招人在加州做了个实验，验证"莫扎特的音乐能否让人变聪明"。试验者们认真听了十分钟莫扎特的钢琴协奏曲（对照组则在沉默中静坐），之后发现"莫扎特组"的智商果然提高了八九分——虽然十五分钟之后就消失了，可是在种种市场操作中，还是掀起了一阵古怪的"莫扎特热"。之后世界各地至少有上千拨人重复这个实验，可惜再也不能复现"智商提高"的结果。

2020年，一组科学家分析了1986至2019年音乐训练的数据，结果受过音乐训练的人并未在认知技能和学习成绩上显示出相关性。他们的结论是，用音乐训练来提高学习技能"没有用处"。至于之前人们普遍认为学音乐的孩子更聪明，更可能是因为调查中的孩子在学习音乐之前已经有了区别。但也有一个数字，证明几十年来的科学诺奖获得者中，更高的比例（对照其他科学家）在成年后继续坚持音乐的爱好。还有一个发现，对比非音乐家、业余音乐家和职业音乐家，居然是业余音乐家的大脑显示了最大的胼胝体（Corpus callosum，连结左右两个大脑半球的白质带）变化，因为他们中的多数除了音乐还做许多事情，大脑受到的刺激和锻炼比狭窄领域中的职业音乐家更多！

这些研究和实验当然并没有定论，因为要孤立的因素太多了，需要很长时间的跟踪。不过有定论的是，许多科学观察、fMRI 结果都显示，作家、画家、数学家的大脑从 CT 扫描中看不出来，音乐家的大脑则一看便知：胼胝体明显增厚，听觉皮层、运动皮层区域的灰质也增加了。"音乐家就是个听觉—运动中枢的运动员"，神经科学家说。而且这个实验在非音乐家中也可以重现结果，也就是说，音乐上的白丁，经过一定的训练，大脑也会显示变化。所谓"音乐让人聪明"因为太过泛泛，很难在科学上证明，但音乐改变人的大脑的皮层厚度、灰质体积等，则有充足的证据。有趣的是，不同乐器演奏者还显示了不同的变化：钢琴家在视觉皮层有更多灰质（因为读谱对空间感要求更高），鼓手的运动皮层更有效率。弦乐演奏者呢，按弦的手指在对应的"皮质小人图"（见《音乐之动一文中的"小人图"》）中显示了扩张。

我猜，舞者以及一些跟随音乐的运动员，大脑也会有类似变化。这些用身体去图解音乐的人，值得更多的研究。

五

《音乐之结》中也写到，曾经极为文艺和浪漫的母亲，老年不幸罹患失智症（dementia）。巴顿在痛苦中追索，开始后悔没有建议母亲学一种乐器，据说那可以降低患病的几率，虽然还没有极可靠的数据证明音乐能造成持久的变化。而巴顿自己的"后大提琴时代"并不好过，因为曾经深嵌在自我中的支柱没有了；但回到从前更不可能，她甚至痛恨任何"写于1940年之前的东西"，尤其受不了任何弦乐。有些前古典音乐家摇身成为报纸的乐评家，她虽然给报纸撰稿，但不想再谈古典音乐。不过，后来她对"音乐治疗"发生了一点兴趣，就去了解各种神奇的音乐疗法，比如一个癌症专家盖诺（Mitchell L. Gaynor）声称受到西藏僧侣的启示，认为"人和宇宙的和谐会重新调准身体"，于是创造了一种用"丰厚深沉的音乐"和冥想治疗癌症的办法，名噪一时，"西藏合唱团"当时吸引了很多信徒。然而此人却自杀身亡。还有人创造出"音浴"疗法，上千人沉浸在教堂音乐中，据说可治绝症。

有一段时间，巴顿的时间和兴趣，就是追索各种对癌症的"非传统疗法"，包括音乐治疗以及其中的骗局。而据我观察，如今任何认真一点的音乐—科学—医学节目，都会提醒人当心音乐治疗的大坑。

兜兜转转之后，巴顿仍然确认自己不想重拉大提琴。她去学尼日利亚的击鼓，还有很多种奇奇怪怪的乐器和音乐，有一些索性是，别的文化的生活方式。此时，摇身变成鼓手的她已经生育，小孩已经好几岁，她能为他写出像样的歌曲了。再往后，她混的乐队一支又一支。十七年的大提琴生活之后，打了七年手鼓，一年桑巴，然后是尤克里里，唱歌。音乐变快（乐）了。之后，工程师丈夫把项目暂时交给合伙人，一家人索性上路，到波兰、津巴布韦、海地等国游历一周，饱看（听）各种音乐。题外话，巴顿在书中讨论了"音乐是全人类的语言"这个说法——据说是诗人朗费罗首创，曾经极有市场——而我完全认同巴顿对它的批判。音乐有时可以穿越语言，但世上的障碍不止语言，人生的隔绝形成文化的隔绝，连翻译都穿不透。用巴顿的话说，在刚果人的文化中，小调根本不代表忧伤，甚至曾被认为是人类普遍规律的和谐不和谐之分，也在一些民族的音乐传统面前败下阵来。

"你以后还会拉琴吗？"周围的人不断这样问她。很多年来，大提琴灰尘累累。曾经，巴顿发现自己别无长物，全部财产中最值钱的就是大提琴。她也不断反思自己学琴的经历，其实一切并不一定那么痛苦，如果方法好一点的话；甚至，即便痛苦，她也并不愿意跟姐妹们交换一个不用练琴的童年。她一直在逃离大提琴和古典音乐吗？并没有，只是现在更加赞美的是"人脑的精彩"。

作为一个读者，我赞美巴顿的勇敢：她接受了自己目前没有"被归类音乐家"的现状，包括曾经差点"被归类"——去读音乐伦理学的博士,但因为孩子还小,最终放弃了。除了写作《音乐之结》,她也是一名记者和母亲。其他的描述,"玩很多乐器的音乐人""关注音乐治疗的人""对世界音乐充满好奇的人",好像不存在于我们的词汇中,至少还没涌现出造词的需求。你最好能在中文中被描述为 XX 家,或者英文中是什么 ist,在对陌生人的自我介绍中才能踏实,不然面对世界就会感到孤立无援。

六

几个月前,我要去听一场音乐会,之前按自己预习的习惯,把 Osvaldo Golijov 这个名字和节目单上的曲目《蓝》(*Azul*)粘贴到 YouTube 中。几秒钟内就大大惊艳,虽说在世作曲家的音乐难以一语论定,但如此一泻千里地好听,又持续地黏住人的音乐,还真不多呢。细看,原来是马友友委约之作,难怪。再细看,这次来独奏的大提琴家韦勒斯坦(Alisa Weilerstein)第一次演出此曲,是在 2007 年的林肯中心。而原作虽是马友友委约,后来为她又重写一遍,然后她索性又首演过好几部他的作品。作曲家格利约夫(Osvaldo Golijov)是阿根廷人,现居美国。

现场演出那晚,指挥简单介绍一下作品之后,对观众说请等等，我来邀请独奏家们上台——这种待遇我也是第一次见。结果他小跑到幕后，带回来的不是一个是一群，除了一袭鲜红长裙的著名大提琴家韦勒斯坦，还有好几位拿一堆小乐器（包括绒毛刷子敲小鼓，或者鸟笼子形状的东西，据说总共有五十种）。这几位大叔们穿着南美风的服装，坐在舞台正中间，比指挥还出风头，每人轮换拿着小刷子、三角铁敲敲点点，用时髦的话说，"一股清流"，或者干脆"放飞自我"。在这些奇怪的乐器中，手风琴是必须，其他可以因地制宜。唯一的遗憾是，大约条件所限，没有用到"超级手风琴"（hyper-accordion），一个美国乐手自制的，音域奇特的新式手风琴。这在《蓝》的演出中，本该是点睛之音。

音乐在现场对人的引领，更加难以抗拒。大提琴深而发光，纷繁的音响之海都被它照彻。生鲜又好记的节奏妥帖地连结了一切。观众疯狂高呼，在上半场结束时强烈要求加演，于是安可了一首作曲家的另一首短作品。音乐奇在思绪的收敛和热情的释放共存得很好，有传统的旋律和节奏，民间艺术的诡异，更有大提琴深浓的刻画和正统欧洲音乐的炫技。音乐流溢着快乐，我猜想这些多彩的、未体制化的乐器，可能带给人"快一点的快乐"，也就是说，比传统音乐训练离普通生活近一米的快乐。这些人，到底是传统演奏员临时兼任，还是"专业"民间高手偶露峥嵘？可惜，这种灿烂得能跟蓝天、阳光的对话，跟"五十种乐器"的传说在音乐厅中昙花一现。

读完《音乐之结》，已经是音乐会三个月后。我发现巴顿也住在温哥华，不由想，她有没有去听这场？一场充满奇葩乐器加上大提琴的音乐会，会让她共鸣吧？然而我自作多情地在她推特的号上看看，根本未提及，她可能并不知晓这场音乐会，如果她早已疏离这种音乐厅体验的话。

可是我觉得这并不坏，反正音乐精英的理想、舞台上的喜乐和凡人的心灵伤口都并不长久，种种体验，最终会在人的身体和回忆中汇齐。

参考文献

1. Adriana Barton, *Wired for Music: A Search for Health and Joy Through the Science of Sound*, Greystone Books (2022).
2. Gary Tomlinson, *A Million Years of Music: The Emergence of Human Modernity*, Zone Books (2015).
3. Hugh Morris, *Confronting Classical Music's Alcohol Problem*, https://icareifyoulisten. com/2021/12/confronting-classical-music-alcohol-problem-casting-light-7/. Hugh Morris.

4. Daniel J. Wakin, *The Juilliard Effect: Ten Years Later*, https://www. nytimes.com/2004/12/12/arts/music/the-juilliard-effect-ten-years-later. html.
5. Joshua Barone, *Opera Has Vanished. So Have Their Dream Jobs at the Met*, https://www.nytimes.com/2020/06/19/arts/music/met-opera-orchestra-jobs. html.
6. Sala, Giovanni, and Fernand Gobet. "Cognitive and Academic Benefits of Music Training with Children: A Multilevel Meta-Analysis." Memory & Cognition 48, no. 8(2020): 1337–49. https://pmc.ncbi.nlm.nih.gov/articles/PMC7683441/.

音乐之中：人与我

读人之心

我可以自吹是加拿大音乐家古尔德的资深粉丝，不过在加拿大生活多年之后，感觉自己跟他的关系有了一点变化，粉还是粉，但角度不太一样。过去共情于他孤立的音乐生涯（"共情孤立"，是不是自带笑点），现在我对音乐和意识感兴趣，却愈加认为音乐中没有孤立的人。当然，人有具象抽象，有近有远，但只要人脑在作曲／演奏／听，就存在"别人"。艺术中的人，至少是"成对"出现的。

而人与乐（中人）的关系，真是一言难尽。仅举一个轶事：在喜欢文艺复兴音乐的人中间，拉丁语赞美诗《求主垂怜》（*Miserere*）颇有知名度。它作于17世纪，作曲家是罗马天主教神父阿莱格里（Gregorio Allegri，1582—1652）。即便第一次听，也很少有人能抗拒其中女高音极高的一个音，从高音G直跳到高音C的诱惑。那不是呼求、诉求，而是一种绚烂之极的凄厉，一种燃尽自己的决绝。音乐向来离不开文化环境和上下文，这是我的观点，但我也认为少数音乐可以穿越，它因生（raw）而美，不论你来自哪里，都很难不为它动容，因为哪种文化里没有积累欲望，或者压抑求生之后雷霆般的宣泄？这样的声音就是，向上喷射绽放，犹如焰火照亮天空之后，大朵色块慢慢回落。只是，此音乐惊世骇俗，但它的上下文，并不是莫扎特《魔笛》中的"夜后"，铺垫了足够的戏剧在先。如此一句大跳的高音，怎么会出现在一向圆润连贯、不太炫技的赞美诗中？

要命了，原来这是个抄谱的错误。

后来我在一个研究早期音乐的视频[1]中学到，这类赞美诗，传说曾有规矩不准离开教堂，当然此说存疑，只是能解释某些时代的教堂音乐在外面传播不广。19世纪，据说年轻的门德尔松（也有一说是少年莫扎特）违背教堂禁忌，偷偷听记了其中几小节并移了调，而它被再次抄写，也就是编入英国的《新格罗夫音乐与音乐家词典》的时候，抄者没有把调性移回来，还把那几小节拼错了地方——本来是那几小节的移调，因为看上去不明显，结果被贴在那几小节后面。而错上加错的音，开头就是那个极高的，照亮并且燃尽黑夜的高音C。

知道了谜底，我再听这个曲子就有点想笑。似乎挺明显的乌龙，自《新格罗夫音乐与音乐家词典》之后

---

[1] Early Music Sources: https://www.youtube.com/watch?v=j9y5N13un9s.

的一百多年里，就没有研究者和歌手仔细看看，宁可盲目照唱，竭力唱好那个高音C，也竭力让这个四度跳跃听上去自然。就这样，人们把全部能量用在包装、软化一个自己不理解的东西上面，不做他想。在以"熟"为佳的古典音乐界，木已成舟当然就不能改了，甚至已经被吸收为理所当然。但是，这个错误造成的异形之美也不能否认，至少吸引各路歌唱家假装不费力地亮出那个高音C。而后人读谱，难免把作曲者当作一个"人"来想，揣测他的意图。这个卓尔不群的高音C背后，是怎样一介狂生？而居然会"容忍"这样赞美诗的教堂，跟环境又会多么格格不入？千奇百怪的教会我见过一些，说不定就有这么一款。

至于那人，有可能唱出来《博伊伦之歌》那种涕泗滂沱，有可能是《奶酪与蛆虫》中被活活烧死的梅诺基奥，背后的故事也可能讲出一个《玫瑰之名》。总之，这个异数竟然有可能存在。反正，虽然我感到难以相信，但还是相信了。哪怕只是一闪念，哪怕知道自己是妄猜，自作多情的同理心总会光顾一下。这样的例子在音乐界太多太多，大家都承认乐心难测。比如某个版本的肖邦，某乐句实在不对劲，但肖邦确实有魂飞天外、极不和谐的时候啊？连巴赫都可能"不像巴赫"，他甚至会诡异地无调性一下（当然他搞怪的时候往往有恰当的上下文来包裹）。至于巴托克、利盖蒂等等，更加

"一切皆有可能"。正本清源是会发生的，但连名家都不敢对乐谱随便下手，哪怕听上去犯嘀咕。更何况，很多音乐作品都有传记信息辅佐，后人用人生解释音乐，不好说离真相更远还是更近，只是被语言撮合得"看上去"更有道理了。

这居然也有科学依据，说的不是肖邦、巴赫，而是后人全心托付的热情和妄猜，和以人读乐的诱惑。

研究音乐和人脑的专家介绍过这么一个实验：给一群人听勋伯格（他们都没听过勋伯格的作品），告诉一部分人这是电脑做的，对照组则是，告诉他们是作曲家写的。结果两组的人，显示出不同活跃的脑区。而对他人行为（包括意图）的理解、预测，是脑中的 aMFC（anterior medial frontal cortex，内侧前额叶皮层前区）来完成的，这个被称为 Theory of Mind（心智理论）的能力从幼儿时期就有，比如淘气的宝宝故意在妈妈面前扔奶瓶，甚至在不少动物那里也有体现。实验的设计"别有用心"，参加者按照要求，要认真评论音乐，这样他们不会刻意关注"到底是不是人写的"，研究者的醉翁之意，是让他们在无意的状态下，"暴露"大脑的活动。这些音乐片段都在 8 秒到 13 秒之间，能完成一个乐思，并且给听者时间想想，但不用深思。研究者观察到，当参与者认定作品背后有"人"，他们的几个脑区（可视为一个小神经网络）都开始活跃，而这些小区域，或可揭示认知神经状态的关键区：除了 aMFC，还有颞上沟（Superior Temporal Sulcus，跟社交能力相关，它的异常跟自闭症有紧密联系）和颞极（Temporal Pole，跟面部识别、语义理解、社交情感等等相关）。

也就是说，人一旦假设作品是"另一个人"写的，或者说相信作品背后有目的和计划，就会不自觉地把他/她当作一个人来揣测，音乐成为一扇进入他人灵魂的大门。至于有一天电脑作曲变得普遍，听众的大脑会如

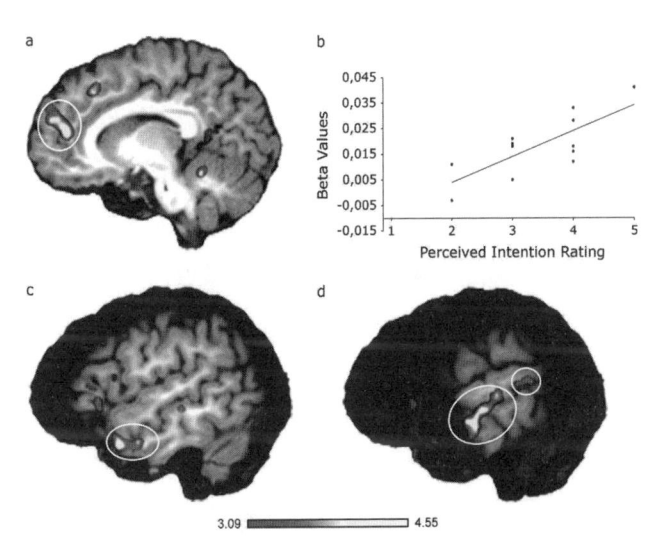

a: aMFC（内侧前额叶皮层前区）；b: 受试者相信作品后面有目的和三个脑区的活跃相关度；c: TP（颞极）；d: STS（颞上沟）。图来自论文"Understanding the Intentions Behind Man-Made Products Elicits Neural Activity in Areas Dedicated to Mental State Attributi"。

何演化，还有没有一种"确认过眼神"的彼此反射和加强，则是另一个话题了。

假设，读到赞美诗《求主垂怜》乐谱的后人，把它当作电脑作品来读，恐怕会首先检查程序是否有 bug 吧？当然不光是音乐，后人编订乐谱、校阅古籍、搜罗文物、翻译作品，甚至读一个网上的帖子，但凡"作者不在眼前"，多多少少都有这种揣测的心理作怪。一旦观者认定这是"人"而非随机的产物，一个"人"就已经在观者心中构建，阅读就变成交流；观者自认有过类似生活轨迹从而心心相印，但也可能误读得南辕北辙。演奏家读谱就更是多重的"读人"，所以世上没有真正孤立的演奏者客观存在的，和作曲家交流是必然，就算眼前没有观众，也必然有想象中的观众，哪怕那种观众是以"我"的化身出现的："我"认为这样处理，听上去有这样的效果。人与人群的关系很微妙，有时人以个体形式出现，背后的声音却仍然是"云"式存在，毕竟我们都携带了一堆人生经验，谁也剥不干净人类演化的痕迹。但如果凑近人群，又会觉得并没有谁可以被别人代表。

除了心智理论，它背后可能还有这样一个层面的理论：人是讲故事的动物（"讲"字至关重要），每当有机会，哪怕只见个故纸堆，也要在心中缓缓升起一个貌似合理的故事。至于寻常生活，心智之猜更是无处不在，有人处便有机心，有他人的故事也有自己的故事——故事非静态之物，它来自讲述，在讲述中呼吸并更新。而上文提到的这个小网络的组件之一，颞极，也跟人对自我的"自传记忆（autobiographic memory）"相关。有位研究普鲁斯特的专家说到"普鲁斯特如果跟神经科学家混在一起，并不让人吃惊"，把我笑得不行。确实有本书叫作《普鲁斯特是个神经学家》，书写得粗糙，但也有点意思，原书中写普鲁斯特，关注的是他笔下的"记忆"，也有人更关注他的"睡眠"，但我更好奇的是普鲁斯特深渊般的"心智之猜"。此人构建欲爆棚，只要有两人相对，甚至只要有人与落日、人与大教堂的对峙，文字都能从一个点膨胀出一个场，这已非须弥芥子所能形容——他以一己之力，把种种嫉妒、撒谎、花言巧语都生生写成"记忆""自传"的神经科学病例。

普通人读乐读人的回合，也是恒河沙数。我去多伦多之前，特意寻找古尔德的"故居"，结果根本没有。他过去的住宅被私人买下，尽管是恭恭敬敬地保留了原貌，但并不对公众开放。城市也没有开辟个"古尔德博物馆"之类，让我有点小失望。加拿大人真是安静疏离，口舌皆省，当然也可以解释为对古尔德的尊重。不管古尔德的生活被来来回回地叙述成什么样，我还是觉得，把他的私人物品、童年情景展览在公众面前，他会尴尬得消失掉，当然我知道自己也在妄猜，也是用自己的经验，去讲古尔德的故事。语言的尽头是音乐吗？Leave the music alone，难。

自我的边界

"巴赫不想证明什么，每首曲子就是一个宁静、自足的生命，由生到死，简简单单走远；也不想满足我们渲泄的渴望，但在这琴声里，欲望如盐粒般撒进思想的大海，融化了。"

这是我多年前写下的对巴赫音乐的一点感想，自以为关键词就一个，"融化"。事实上我从不止一个喜欢古典音乐的人那里听到这种感受，那种心甘情愿地消减自我，心甘情愿地"绝望"，因为自我、ego等等，在这种巨人的包容感之下，都不值一提，让它消失则更有快感。而自我的缩小，哪怕是"临时缩小"，其实和很多情感相关，比如爱、同情、同理心、服从等等，自我退入背景，与他人联动成波浪。个体多样性极高的人类，幸好还有这样一些时候，才能一起工作。

关于音乐的起源，目前较有说服力的假说是社会联结（social bonding），许多人一起唱、有节奏地运动，有助于让人群一起工作。而且，人脑中控制自我行为的回路，同时也跟观察他人行为相关。当你和别人有节奏地一起运动时，自我和他人开始模糊了边界，这是回路的反应。自我模糊的同时,你又觉得自我变大了,你的行动有了更充足的目的。

2014年,演化生物学家邓巴(Robin Dunbar)等人的论文又指出,社会联结在神经科学中有这样两个机制:第一个是,人们一起玩音乐(尤其是跟随同样的节奏)、一起工作甚至一起大笑,都能释放内啡肽,而内啡肽能提升兴奋度;第二个就是,在这样的活动中,个体的神经回路开始把"自己"和"他人"视为融合的一体,这也是我最感兴趣的一点。而他的论文中提到人脑中的"镜像神经元"(mirror neuron),一度是比较有争议的说法,人们目前有把握确认的是,猕猴的大脑中存在负责观察模仿的神经元。基本所有神经科学教材都有类似表述:猕猴看人吃香蕉和自己吃香蕉,激发的是相同的神经元。一些证据支持人脑也有"镜像神经元",它们位于前运动皮质、运动辅助区等等区域。这个发现一度如同地震,科学家们感到自己发现了文明的"核心"——模仿他人,向人学习,甚至面对他人行动不自觉地被传染。但总的来说,人脑中的镜像神经元证据不足,有人完全否认它的存在。即便如此,科学家相信人脑在观察他人和自我模仿这两种行动,可以共用一个回路。科学家设计了一个实验,被试者的一只手被遮盖,从视觉上用一只"橡皮手"代替,而这只橡皮手随着"真手"的节奏在画布上画,于是被试者觉得就是自己的手在画。但如果取消掉这个"一起"的前提,被试者就不会把假手当真手了。通俗地说,我们会不知不觉被别人或众人"带了节奏",这可真是字面上的节奏。

当然,人类行为和神经回路的关系极为复杂,又受文化的巨大影响,所以神经科学家还远远不敢把这种"他人与我"的融合一般化,不过在音乐中,它确实更明显,即便人们所唱所演并不完全一致,只要有节拍,就能体现融合,而且参与者很有兴致。比如我去任何一间教堂的礼拜,都为众人唱诗的能力所动。很多人没受过音乐训练,不熟悉某一首具体的赞美诗,但只要会众中有若干能唱的人,再加上有伴奏乐器带领,总体听上去相当准确,甚至能分出不同声部,连拉丁文都读得像模像样。YouTube 上还有个有趣的视频,爵士音乐家麦克费林(Bobby McFerrin)让观众当场记住自己并住的脚的位置代表钢琴音阶上的不同音高,然后他在讲台上跳来跳去,边跳边指挥(中间故意把脚岔开一次,结果观众分裂成两半,唱出不同的音),居然就"写"出像样的音高序列,还是多数人并不熟悉的五声音阶,而这音乐是现场观众唱出来的。观众是音乐天才吗?应该不是,但现场活泼有趣,明星音乐家又很有号召力,很多人都愿意跟着唱,结果大家就盯着他的脚尖,唱出像样的音高。这位智慧而随性的音乐家,就这样即兴设计了一个实验,显示集体合作的人脑,如何在声音位置、指挥者身体语言的提示下,学习出对音高的预期。顺便说一句,视频名为"神经元和音符",讨论的正是许多神经科学和音乐的基本问题。视频录制于2014年的"世界科学节",现场嘉宾包括莱维廷(Daniel Levitin),著名科普读物《我们为什么爱音乐》(*This is Your Brain on Music*)的作者。这个即兴指挥观众学习"新乐器",在讲台上跳来跳去的音乐家脚尖的段子,也真成了音乐心理学的名场面,而我印象最深的是,现场观众的快乐参与。

一般来说,流行音乐家需要那种一呼百应的直接效果,他们总少不了和听众的互动,也更会操纵听众的感受和行为。古典音乐家跟台下一起唱唱跳跳的时候不多,但音乐仍然是"一起"的。演奏家自然是更深层地听并运动着。钢琴家阿姆朗(Marc-Andre Hamelin)也说,"我演出是为了人类的创造力而喝彩"。更有许多演奏家说自己是"音乐的仆人"。这种感受虽然没有蹦跳那么直接、那么生理性,但也沉淀了音乐家们日复一日练习的感受。而哪怕坐着不动的听者,有一部分快感可能来自一种目击感、一种当场共享音乐传统的惊喜,更何况人脑听觉回路本来就和运动中枢互送信息,音乐天然以"动"为本。其他物种,个别能达到高度合作,但随节奏一起动的几乎没有,这也是演化生物学的一大话题,科学家们至今寻找不休,曾有一只随节奏摇摆的另类鹦鹉成了网红。而自从我开始了解音乐对自我／他人关系的影响，常常会感叹"天佑人类"，人类并不总是协作，但总有协作的潜能，无此则无力爬上食物链的顶端；音乐提供了协作的机制，它在进化中绝非可有可无。然而，人类即便合作得众志成城，仍然不能达到蚂蚁、蜜蜂那种恒常的"我为人人"之境。

说到不太愿意跟观众互动的古典音乐家，上文提到的古尔德算是个极端，跟多数演奏家喜欢现场的激励相比，古尔德可以说很讨厌观众，索性躲到录音室。当然录音室不是真空，他内心中其实也储存了足够的他人反应，更不乏和作曲家的直接对话。但"自我"是个魔障，它可以"临时缩小"，终究还会怪物般陪伴人类始终：群体性（从众、集体主义，牺牲自我）和个体性（特立独行、英雄主义、敌意），两个不相容又不得不共存的属性，把人生和社会都折磨得死去活来，各种政治都来源于此。然而一个个体大脑也有这样的"内部政治"或云制衡：我们有那么多听到前人，恨不得自己低入尘埃的时候，甚至勃拉姆斯据说都不敢在贝多芬之后写交响曲了，但这些人一定也有恶毒地咬牙，志在打败前人的时候，恨不得整个宇宙都被一个"我"充满，包括贝多芬本人也对海顿不少贬损。

即便前人的碾压如同火焰，后辈的小草也会悄悄生长。自我可以消解，但也会重生；它可以在音乐共鸣中谦卑地隐去，但也可能在音乐激发的多巴胺中更加膨胀。勃拉姆斯最终还是写了自己的交响曲。

参考文献

1. Jonah Lehrer, *Proust Was a Neuroscientist*, Mariner Books (2008).
2. Christopher Prendergast, *Living and Dying with Marcel Proust*, Europa Compass (2022).
3. Nikolaus Steinbeis, Stefan Koelsch, "Understanding the Intentions Behind Man-Made Products Elicits Neural Activity in Areas Dedicated to Mental State Attribution", https://academic.oup.com/cercor/article/19/3/619/431165.
4. Elam Rotem, "Early Music Sources", https://www.earlymusicsources.com/home.
5. Bronwyn Tarr, Jacques Launay, Robin I. M. Dunbar, "Music and social bonding: "self-other" merging and neurohormonal mechanisms", https://www.frontiersin.org/articles/10.3389/fpsyg.2014.01096/full.
6. "Notes and Neurons: In Search of the Common Chorus", https://www.youtube.com/watch?v=S0kCUss-0g9Q.

音乐之动

曾经梦想过一个科幻小说的主题：有一天，人类已经离开了地球（或许永远地消失，或许已经移居到别的星球）。不知什么地方的一些生命来到地球，发掘出被尘封的乐谱，如果他们能解密阿拉伯数字和乐谱，从海量的音乐和指法、吹奏法中，这些聪明的外星人也许能考古出人类的样子，包括日常的步态和口气，甚至口鼻手脚的大小比例和操作能力。

会不会这样，对乐谱指法的深入大数据研究，居然能还原一部分音乐之中的私密世界，一些"意识"，一些"心想"？

当然，他们也可能完全会错意，构造出一个完全不同的人形。

一

加拿大西安大略大学的音乐教授德索萨（Jonathan de Sousa）教授的《手上的音乐》（*Music at Hand: Instruments, Bodies, and Cognition*）一书，讲的是"音乐与手"，

音乐之动　　057

也就是音乐演奏、肢体运动和人脑认知的故事，正是我喜欢的话题。作为一个常年弹琴的人，我对音乐有另一层兴趣，就是乐器和人体运动的关系以及人脑的操作日常；自然而然我也就把自己当成实验品，观察眼耳和身体的合作。音乐看不见摸不着，但演奏的动作是可以看见的，乐器更能时时感知，所以对操作者来说，音乐十分具象。而人体在音乐中的运动真实而复杂，人和音乐的"拓扑"关系真应该有人好好写写。

仅从键盘乐器来说，钢琴琴键的布局，大家都知道是十二个音一个周期的黑白键，但就算按平均律来调，音阶看上去也并不平均，因为总有黑白键相间，相对位置不同，对演奏者是根深蒂固的视觉提示，演奏者对之也都有深植于音乐模式的空间记忆（现在也有人发明新新乐器，完全重组键盘，乃重塑世界之勇）。经常弹即兴伴奏或者经常需要视奏的人都知道，对键盘布局必须跟对自己的十个手指一样熟稔。这个学习的过程甚至有点像婴儿学步，渐渐把一片陌生的土地当成自己的家园，之后索性用键盘来思考和感受了，而有无作曲意识，对键盘的空间感也会很不同。大家都知道贝多芬晚年失聪，但既然是即兴大师，肯定保留了大量对键盘的肌肉记忆和视觉记忆。人们常说贝多芬失聪后是用"内心听觉"作曲的，但手感的作用也不应忽视，位置的提示会帮助他倾听。

《手上的音乐》举了一个贝多芬《悲怆奏鸣曲》开头的例子（上图），说明贝多芬的写作跟身体运动的方式紧密相连，比如这小节，两手反向但节奏相同。德索萨甚至用了"假肢"（prosthesis）这个概念，也就是说，琴键几乎成了手指的延伸，用中国人习惯的说法是，人琴合一。我想这样的例子在音乐中不少，人琴合一也不限于贝多芬，甚至一个从小弹爵士的人都能做到，不过贝多芬作为传统音乐中的即兴大师，至少在部分作品中体现得更明显，音乐的进行有时就是被双手漫游的位置或者运动的快感带着走的。德索萨在书中也举了巴赫的小提琴作品 BWV 1006 为例，说明作曲家的灵感可能是围绕手指的位置和空间上的回旋余地而产生的。我猜是不是有点类似诗词的格律，外加的限制可能是枷锁，也可能是带领，兴之所至皆可用。

　　但事情的反面也存在：比如德索萨没有提到，运动得不高兴的作曲家也很多,传统作曲家里,某些时候的勃拉姆斯、贝多芬和巴赫都擅长破坏人的手指快感,不怕让手打架,甚至让手和音乐打架。双手本可流畅跑动的运动模式被乐思堵截,被生生打破,乐思如暴君,把运动习惯掰碎重组,在琴上的漫游变得跌跌撞撞,默默吞咽痛苦——音乐深入、张狂到一定程度,总会折磨自我,压抑身体也反叛耳朵吧。所以就有了听起来艰深,但手指悄悄开心所以也不怎么难的音乐,以及听起来音乐不密集但双手郁闷,摆放得别扭,从而极难学习的音乐,所谓受累不讨好也。

书中还有一个钢琴家郎朗的例子,来源是郎朗自己放在 YouTube 上的一个幽默视频:右手握着橘子跟左手一起弹肖邦的练习曲 Op. 10 之 5(俗称"黑键")。虽然是玩笑,橘子也不可能弹得太准,但曲子还是一听就知道。德索萨举这个例子,说明肖邦这首练习曲充满调性感不说,右手全部在黑键上(只有一个音除外,所以我怀疑郎朗用橘子碰不到那个还原 F),正好也特别适合橘子之滚动,只要某些关键音抓住了,听上去就有个大致的轮廓——试想如果是在弦乐器上,还可能用橘子滚出旋律吗?乐器之"器",各有所容。

谈及与音乐相关的运动(包括发声体的振动、人体演奏乐器的运动和人脑运动皮层对音乐的反应等等),话题实在大到无限。比如我家窗前正对着喷泉,平常流动的水声就是怡人的音乐——想想人类从滴水中,从风中听见音乐,从鸟鸣中听见音乐,在种种自然发声体的启发下觅得制造音乐的可能。从人声这种自带乐器,到鼓、铃这些跟日常发声体相去不远的乐器,再到从无到有地造出管风琴、小提琴、长号等等极为复杂、"不自然"的乐器,人跟乐器的关系亲密到它们入侵了人的大脑,黑客般地重写听觉和振动的关系。我有个大胆的想法:人是活在大脑中的,人脑能综合处理的信息就是这个世界对个体来说的一切。这样说来,人只要躺在床上不断妄想就可以过一生了?不然。个体人脑还是需要外界(包括别人)去检查它,给它反馈,才能喂养大脑的幻觉有机生长下去。人对艺术的制造和欣赏尤为如此,纯物理性的听和看只是大脑接收的听和看的一小部分,因为各人有记忆有预判,注定每人收到的信息不同。人脑主动地为自己制造养料,当然也需外界来持续这种制造。仅就倾听而言,人几乎是用全脑,包括运动神经中枢来听的。

德索萨本人是音乐教授,也常常演出,他总结自己在《手上的音乐》里最想说的就是:科技为音乐中的行动和认知打开了更多的可能性。音乐不仅是用身体和大脑一起演奏的,它还需要身体和大脑一起听。

二

神经科学家已经观察到，人在听音乐的时候，听觉和大脑运动皮层体现出合作；而默想音乐，哪怕职业音乐家，目前尚未有实验结果证明这样的协作。所以，物理性的音乐存在与否，大脑的活动有本质的不同；大脑千万神通，也不能完整再现对声音的想象。至于身体、精神、听觉在音乐中的协作联系和比例，当然很难量化，音乐家和不同的文化有不同的认知。有人认为音乐连记谱都不必，现场感就是一切，尤其是人之间的互动不可复制；另一极端是加拿大钢琴家古尔德那样的，认为音乐可以是精神性的，演奏都不必要，读就行了，他自己还真是，看看谱子就能背下来。说到这里，巴赫的杰作《赋格的艺术》也体现了这样的极端。用钢琴弹，声部安排困难，根本不可能都听清，羽管键琴上也好不了哪去，在管风琴上呢，多了脚键盘一个声部，还能安排不同音色，按说清楚多了？非也，低音声部理论上可以用脚键盘演奏，但有些段落过于密集快速，位置也有悖演奏习惯，对脚极不友好，最后还得用手。弦乐四重奏呢？声部确实都清楚了，但原作有强烈的"键盘感"不说，四件乐器强行稀释原本高压的音乐，该有的声音是有了，但那失去摩擦感的音乐又有点不对劲。更不用说这个作品由多个赋格、卡农组成，各有特点，没有一个乐器能普适于全作。是不是可以这样说，这是一部在精神上适合单个键盘乐器，在技术上则只能由多个乐器实现的作品。既然在这里灵肉对立，音乐家干脆把它当作私人音乐好了，不跟观众分享，只弹弹读读片段，只当作从业者之间的对话。古尔德可能不会反对，他录了这个作品，但只取了几段，有的用钢琴，有的用管风琴——把音乐家逼到这等反音乐境界的人，是不是只有巴赫了——如果是别人写了任何乐器都演奏不好的音乐，这叫"不了解乐器特性""不会写""不合理"，换作当代，演奏员早把谱子扔到作曲家脸上去改了。但奇诡名作《赋格的艺术》因为在作曲上自成一档，居然就在这些可能的舆论中站住了脚，让人去主动寻求表现它的办法，甚至生出许多神话。巴赫作品在乐器选择上模棱两可的作品并不少见，不影响它们吸引人去尝试和寻找。作曲家和演奏家在话语权上的互动，可见一斑。

德索萨博士举出不少例子，比如音符有时候升降八度，听上去和声大概还是那个，但会影响演奏者的身体位置，指法也跟着变，音乐的走向也可能改变。这在巴赫作品中也俯拾皆是，尤其《赋格的艺术》中的几段卡农里，看上去主题原样照抄，身体和手指则要重新摆放。至于移植到不同乐器上，动作、空间感对音乐的影响就更大了。仅从我自己的经验来说，巴赫把很多康塔塔中的段落改编为管风琴，不仅合理，还比较容易，因为管风琴能演奏较多的声部，而且天然能模仿歌唱。尽管如此，一段为多人声音所作的合唱，紧缩到单个键盘乐器上，尽管声音仍然在整个空间中鼓胀，其操作则从众人的蓬松气场化为单人手脚动作最小化的紧致呈现，那么背后的叙事也就迅速换了一帧。有人居然把改编到管风琴上的版本再转到钢琴（如《舒伯勒众赞歌》的钢琴版），其气场更是完全认不出。音乐的改编本身就有这样的内涵，从一种空间换算、映射到另一种空间，乐器变了，讲述的"形状"也变了。跟翻译一样，一种乐器背后有自己的文化，直译已经奇奇怪怪，转译更不知所云。巴赫著名的"一把琴拉出一个世界"的小提琴《恰空》，改编成钢琴版之后全然换了一个世界，线变成点和块，变得花团锦簇，变成爆炸的蘑菇云，气质全变，音乐也仿佛来到另一个世纪，人和乐器的关系也得收拾重组。人和竹子木头，跟钢铁塑料，就能这样亲密互动出无数种立体的关系。

而巴赫自己，不仅把许多乐器的表现力推到极致，逼人去演奏不可能的东西，据说还设计了一些新乐器，比如"琉特羽管键琴"，既能拨弦，又有键盘，还能控制音量，改变音色，实物未能传世，不然又会创造怎样的键盘新体育。而德索萨博士虽然能玩许多乐器，我猜他没弄过特雷门（Theremin）这个东西，不然其音乐认知研究又会多些好话题。要说依赖身体的空间感，恐怕没什么乐器能赶上特雷门，要说乐器的科学性，它可以说是物理学的直接产物：两个感应人体与大地的分布电容的振荡器，各自负责震荡的频率与振幅变化，其中圆形天线负责音量，手越靠近，音量越小；垂直天线调节频率，手越靠近，音调越高，这些距离要靠记忆。诡异之处在于，手在空气中"弹奏"，活像表演气功或者打太极。

其发明者特雷门（Leon Theremin）是个前苏联物理学家，在美国为自己发明的种种电子乐器巡演，当过间谍，回苏后在莫斯科音乐学院教音乐，在莫斯科国立大学声学系教物理，进过古拉格，也给克格勃做过事，九十七岁的一生传奇得早已写成书。而特雷门作为一个早期电子乐器进入历史，发明者自己还真指挥过这么一个乐队。有意思的是，弹巴赫的大家之一，美国钢琴家图雷克很喜欢它，当年在茱莉亚音乐学院上学的时候，就被它吸引住了，后来不仅结识了特雷门本人，学了这个乐器，还在卡耐基音乐厅等地跟小乐队演奏过。据说她终生都对特雷门颇有兴趣，大概也符合她认为"巴赫可以在任何乐器上演奏"的哲学。

特雷门这个乐器诞生于 20 世纪 20 年代，红极一时。不久后在苏联被禁也就罢了，后来也没有杀回市场。我枉做猜测，也许是因为特雷门无法塞入任何音乐文化框架，也许是因为它太"科学"了，没什么文化的空间——我自己玩过两下,是在科学博物馆。目前也有专家,但极为小众,曲库也小,多为熟曲目的改编,虽然它的音色很美很独特,有点类似中国的二胡,也可以接近小提琴。试着想象一下这样的画面,假如它真的进入时尚:一个高端的特雷门演奏家,手指关节运动和手掌跟天线的距离都有千万次的练习和精准的控制,因为身体任何微小动作都会触发音乐的变化;甚至可以包装一下,成为新瑜伽、新禅修,以及全身运动、音舞合成的艺术大全……那么无论何种语言,"弹""拨""吹""敲"这些动词都不适用了,新语言呼之欲出,对演奏者的所谓"先天条件"的要求也不会像钢琴弦乐那样"手指长,手掌宽"之类,而变成一种大家目前还猜不出的需求或者是一种综合性需求,比如"空间记忆"。可是这些都没有成为事实,有人说特雷门太难演奏,所以将人拒之门外。对知难而进并且炫技成风的音乐家来说,难从来不是问题,关键是它在音乐上并没给人足够独特的产出,而之后的电子乐器越来越丰富,它便只能充当其中一个小小分支了。后验地看,特雷门赶上了这个时代,可是又错过了它。但把它放在音乐和运动的维度里看,音乐是运动的仪表,运动是音乐的倒影,这简直是人体和音乐超越物理接触的一场精神恋爱。

对了,物理接触。德索萨和研究"乐器学"(organology）的学者提出几种把乐器归类的方法，除了传统的按发声原理分出的拨弦发声、击打发声、管状体发声（管风琴和其他管乐器）、自发声（铃铛）等等，或者用较复杂的控制论（cybernetics）画出的图表，还有更有趣的分法，比如分为人体持续提供音乐物理能量的（用手拉，拨，用嘴吹的都算），和人体激活乐器后只提供控制的，典型如管风琴，手指在键盘上小有动作，巨大的音管则靠鼓风机持续发声，所以一个音可以长到无限，如果需要的话，低音持续几十小节都可以，这跟钢琴相比简直就是作弊。当然，提供能量和提供控制也常常体现在同一种乐器上，比如钢琴依靠手指击键提供能量，但不单独发声的脚一直在踏板上控制音乐。电子乐器比较特殊，也应归为后者——特雷门更是。也有人把人和乐器之间无介质，也就是直接拨或者吹的分为一类，其他用琴键、琴弓等等间接控制的另成一档，而"间接度"还可以量化出来。用这样的方式去看乐器，在我看来可谓新奇而极有启发，因为人怎么镶嵌其中，怎么指挥机械设备输送能量，怎么分配全身的运动，技艺主要往哪个方向发展，就自成一个深远的话题。

三

我选神经科学课的时候，老师讲到人体的各部位的感觉，一定在脑区中有相对准确的映射，以至于可以在大脑的感觉皮层中画出大致人形。老师说："不过那不是达·芬奇，是类似毕加索的绘画。"

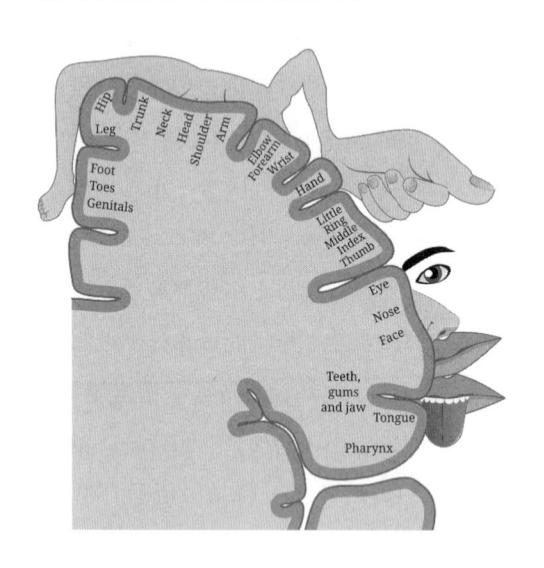

这就是神经科学中著名的"小人图"，也就是大脑感觉皮层（位于后回）和身体部位的对应。图中，舌头和手极为硕大，因为来自舌头和手的神经在皮质中覆盖了较高比例的区域。而这个感觉小人图注定是一个毕加索式的肖像画——而假如我们以皮质区的神经映射密集程度来画图，世间风景恐怕也会大不同吧。其实，人类历史的绘画已经体现这种"不成比例"了，毕竟绘画和各种视觉艺术的题材并非均分于世间万物，假如以大数据来统计"绘画中的世界"，也许就能看到一个凹凸不平、"忽大忽小"的地球图景。

随科学发展，科学家也发现了感觉小人图的可议之处，比如人体的感知和脑区的对应，可以在后天训练中改变，不过它大体还是准确的。而跟感觉皮层不同的是，运动皮层在大脑皮质中若要对应出一个"小人图"，也就是大脑运动皮层（位于中央前回）对应身体部位，会面临更大的不精确和争议（大致的对应是存在的，也有人画出"运动小人"，但我以为在科学上不严谨）。人的肢体运动部位和大脑运动皮层相对应，其缺失和重合更多，这也正体现了人脑的可塑性，比如在后天训练中，神经回路可能重新连接。这个可塑性，给人带来了惊人的潜力，某种意义上可以说是人类训练自己身体的根本，从中风病人的康复，到运动员、杂技演员、舞蹈家的"非人"技巧，再到音乐家的精细控制，处处是大脑和身体先天条件加后天训练之后的复杂交互，而所谓灵与肉的二元之分，在人类对自身认识不断精细化的过程中，已经被模糊了。

而谈到运动，谈到训练，乐器演奏足可在神经科学中独占一支。德索萨也提到多种乐器的运动特性，比如演奏管风琴需要手脚齐动，犹如"用身体思考"。细看下来，脚比手还是有更多局限，所以脚键盘音符通常比较简单，但大脑显然要实时规划脚的动作，包括在双手繁忙的时候准备脚的下一个位置，这个准备本身，要被大脑记住，所以很多演奏者提前几小节就会在谱子上提醒自己要准备脚了。音乐和人的关系还远远不止这些，这也就必然指向神经科学对人脑的了解。我常想的一些普通问题包括：为什么有些人的弹奏能如此快速并且准确？我不会满意于"勤学苦练"这种包治百病的解释，但细追究里仍然会跌入死胡同。深入琴上任何一个动作，总会发现它能被细分成若干环节，涉及各个脑区（比如顶叶，让人在视觉指引下纠正手的动作）。还有，为什么有人能弹出更细腻多样的音色？为什么有人能吸收复杂的音乐结构？为什么有人能记忆更多的音乐？笼统地说，答案仍归结于耳、眼、中枢神经系统和肌肉的共同合作，而我认为这里几乎藏着大脑工作的全部秘密，谜底未知，但每隔十年左右我们的理解总会有个小小飞跃。

在德索萨之前，我读到另一本很有意思的书，也是被他多次引用的，《音乐和具身化认知》(*Music and Embodied Cognition*)，作者考克斯（Arnie Cox）是美国欧柏林音乐学院的教授，主攻音乐认知。其中《音乐效果》(*Musical Affect*)一章这样开头：

> 阿里：人可以做任何他想要的事情，这是你说的！
> 劳伦斯（拳头敲打自己的身体，这正是决定他要什么的家伙）：是的——但他并不知道自己要什么！

这段来自电影《阿拉伯的劳伦斯》的对白一语道破认知学的出发点。人类活动如今已经高度自动化，不过文艺和体育目前还以"肉身"为主，遵从古老的法则。虽然我非常相信神经科学和物理学揭示音乐秘密的力量，但科学家一定能给音乐家提出好的作曲和演奏建议吗？有可能，但未必。音乐在人类中存在了至少几千年，单是某种传统乐器诞生以来的时间，已经给人充足的机会，把种种招数试得透彻。不过这不会挡住科学家们格物致知，跟音乐家不一定殊途同归，偶然歪打正着。音乐跟乐器的局限相关，更跟人体的局限相关，比如手的跨度，移动的速度，肺活量等等，即便拥有了无穷大的乐团，又要面临协作的新挑战。我甚至觉得，用一种乐器的音乐，可以在大数据基础上，画出一个"云小人图"，边界有多层，不精确但能示意音乐之中的人身之动。人身的局限和障碍，对作曲是一种指引，似乎也是一种哲学意味上的屏障；虽然多少年来，作曲家强拽着演奏家扩大技巧，把"不能"变成"可能"，演奏家则拍拍胸脯，渐渐地，曾经只有大师能弹的东西，十六岁小朋友都能玩了。不过，世界的变化已经很难预测，有朝一日因为乐器操作简化也好，发明出机器人代替人弹琴也好，我们连这个限制都没有了，"小人图"失去轮廓，音乐世界会变成什么样。有了日益细腻丰富、空间无限的电子音乐、计算机音乐，有了算法生成的音乐，肉身的限制可以完全去除——人真的想要更多更多了，了无羁绊。目前我们仍然有远古大脑和远古身体，有着局限之下的舞蹈和体育，我相信音乐之乐离不开人的运动和人之间的气场。至于灵与肉之二元对立，用德索萨的话来说，是 cognition 和 perception 的对立。很难说现代科技会不断强化还是逐渐模糊它，也许，灵与肉会彼此穿越进出，循环往复。

参考文献

1. Jonathan de Sousa, *Music at Hand: Instruments, Bodies, and Cognition*, Oxford University Press (2017).
2. Arnie Cox, *Music and Embodied Cognition: Listening, Moving, Feeling, and Thinking*, Indiana University Press (2016).
3. Joseph Kerman, *The Art of Fugue: Bach Fugues for Keyboard, 1715-1750*, University of California Press, (2015).

谁动了我的音乐

美国作曲家科普兰（Aaron Copland）写过一部舞蹈音乐，直白地题为《献给玛莎的音乐》——玛莎就是著名舞蹈家玛莎·格雷厄姆（Martha Graham）。后来她编了个题为《阿帕拉契亚的春天》的舞蹈，科普兰也按她的建议改了曲名，这就是传世的管弦乐《阿帕拉契亚的春天》。后来，好多人都活灵活现地对科普兰说，"你的音乐让我闻到了阿帕拉契亚山的味道"，科普兰反复解释标题和音乐毫无关系，怎么说也白搭。

类似的轶事在古典音乐中太多，抽象的音乐之下，人们非要创造个意象才踏实，当然这也让音乐会介绍有话可讲，以讹传讹或者一本正经地正本清源。放在过去，对这种梗我烦得想捂住耳朵，现在我对语言、神经科学有了点兴趣，不由开始琢磨这算是人脑的漏洞还是功能。

先从语言本身说起

我对日常语言中的隐喻（包括但不限于小学语文老

师教的明喻、暗喻）颇有兴趣，也观察到不少大家习以为常的"通感"，比如抽象层面的热（心）、（待人）厚薄、（嘴）甜、（命）苦、高下立判等等，不过我拿到了雷科夫（George Lakoff）和约翰逊（Mark Johnson）的《我们生活中的隐喻》(*Metaphors We Live By*) 一书，才发现我们日常用到的隐喻，比我想象的还多，而且，相当多的英文表达可以顺利地直译成中文，因为多种语言的使用者，体现出惊人的相似。

举几个简单的例子，都是我们的日常："解决了那个问题，我会回来看这个。"（回来是有方向的，说明人脑已经把抽象的事件赋予了方向）又如，"在电脑上进入一个文件夹""你说话跑题了""谁跟你关系最近"等等。世上一切事物，原来都自带空间和时间，即便"文件目录"这种似乎扁平、谁也没摸过的事物，在人脑中也是个蜂窝般的立体存在。语言中的隐喻千千万万，相当大的一类是关于方向或身体移动的，这在充满运动的体育和音乐中更常见。《隐喻》一书中特别举了"上"这个词，很多意义都可以用到 up 来表示积极、活跃的一面，而中文的击球击中也可以说"打上了"，而击败谁谁，往往是"打下去了"，输了比赛也是"下去了"。"上""高"往往自带"正能量"，比如讲课、演讲，人往往站着，因为较高的位置意味掌控。中英文当然也有不同的表达，比如英语中的"升 C 小调"，却是 Sharp

(尖),"降调"则是 Flat(平、钝)。但总之,位置、空间感在各种文化中大量重合,多数语言都有许多介词、副词等等所谓"语法功能"的词,"在""和""于""with""at"等等,也都自带主次的色彩,好像专门建构空间,把人和物镶嵌其中。

原书中的隐喻当然不止于此。科雷夫和约翰逊把隐喻分成几大类,也特别强调是隐喻对人脑中概念的塑造(如时间的"珍贵""浪费"等等,以及现代社会对时间的"货币化")。此书初版于 1980 年,如果放在现在,不知又会加进多少鲜活到炸裂的网络表达。网络归网络,你观察一下,网络语言中的隐喻仍然充满时间、空间和人体的关系,人与他人的互动,以及几种基本感官的混搭——人的基本欲求也就那么多种,但混搭起来则充满各色的条条块块,且生机无限。

反正,任何一个事物,都可以有千百种描述方式,有了隐喻我们才能抓住当下最相关的一点来描述它。看上去,隐喻来自"相似",但这个相似是主观的,甚至对相似的判断就来自现存的隐喻,现存的隐喻已经把我们洗脑了,然后才谈得上更当下的讨论。而"隐喻"这个工具,我猜差不多跟语言的历史一样长,因为没有隐喻我们简直不会说话,也不会思想。《隐喻》中说,"隐喻不仅仅事关语言,它还是一个概念的框架(conceptual structure)"。我们自从说话就一头扑进隐喻的海洋，在其中穿行，理解自身并观察、总结世界，感官感受、时间空间坐标、自己和他人的关系，尽在其中。

仅就我比较了解的话题来说，都说音乐很难用语言表达，但我认为音乐离开语言则更难传播。音乐"看不见摸不着"，但它又常常成为操练语言、扩展隐喻的试验田。

语言和音乐，相爱相杀

说到音乐，有人直接就想到交响曲和室内乐之类"纯音乐"，但这似乎是欧洲传统中较特别的一部分。世上绝大部分音乐跟语言直接地共存，跟叙事或至少一个场景、图像紧密相连，比如歌词和舞蹈，在通俗音乐、民间音乐、戏剧音乐里遍地都是。音乐甚至跟表演者本人现场构成一个独特并有机的故事，以至于它不好抽象化也不好理论化。

音乐和语言的关系、异同，我们随意总结一下，可以说出一百条，我这里只想谈一条：它们都跟倾听的过程有本质的联系。

很久以来，神经科学家就知道人脑理解和产生语言，用的是两个不同的脑区，其中韦尼克（Wernicke）脑区是处理对语言的理解的，而语言的发出，则是布

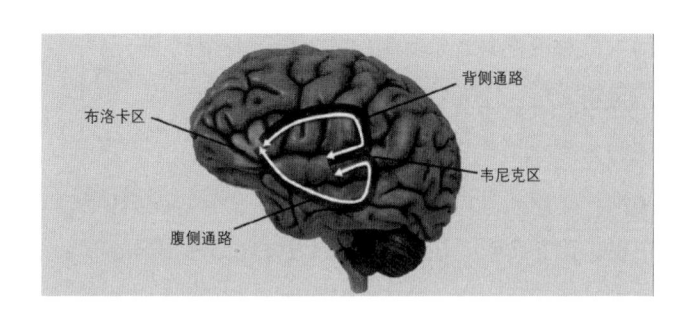

洛卡（Broca）区，所以，仅就听觉而言，人类对语言的处理是"分而治之"。布洛克、韦尼克之分很久之前就被认识到了，而较新的研究表明，处理语言的过程，不仅有脑区，也有路径之分。大致地说，背侧通路（dorsal stream）处理音节声音的产生，而腹侧通路（ventral stream）处理声音的意义，如上图所示。对腹侧通路而言，越往颞叶（temporal lobe），也就是图中偏右的区域，接近韦尼克区，对语言意义的解析越明显。

虽然布洛卡、韦尼克区以及这两个通路功能不同，但也一直紧密联系，韦尼克区受损而不能理解语言但会说话的病人，讲话顺畅但可能没有意义。语言机制不仅应用在正常的听说中，对手语、盲文也适用，无法理解语言的病人，触摸盲文也无法理解。

除了这两个脑区的关键作用，其他脑区包括运动中枢、情感中枢等等也在处理语言时不断贡献力量。运动中枢对语言和音乐有类似的反应，举个例子：音乐激活运动中枢，让人听到节奏时就有运动的反应，而语言中的动词也能激活它，比如听见"踢"，运动中枢就自觉地产生跟"自己踢"类似的反应。声音也能激活视觉中枢，比如听到"钥匙"，眼前很可能出现钥匙的形象。我们对此习以为常，殊不知这是人脑演化的结果。

人听到较复杂、有过程的声音，要顽强地给它解码，就不奇怪了。泛泛而言，人类用语言表达一切、又想把一切解析为语言的动力，可以说至死不渝，什么也挡不住。而生理基础和文化传统也是互相滋养的，神经科学家有一句万古不变的名言：各种功能都来自 nature（天生）+ nurture（后天发展）。这也可以解释为什么音乐多少年来就有讲故事的传统。打个比方，音乐和词语在听者耳中向来"泥沙俱下"。即使是"纯音乐"，听者想把语言摘干净也并不容易，只是语言有多种，讲述也是。对声音、音乐，我自己的经验是，声音带来的语言经验往往细碎无序，可以有情景想象的闪回，多数时候讲不出文学中的完整叙事。

是的，音乐和语言或许对不上生活中的故事，可我们有了记谱法，尤其是相当精确的记谱方式，音乐就可以被完整地"看"到并顺序地复述，音乐就更加语言化，毕竟，乐谱就是一种语言，以至于音乐本身早已生长出奇怪的语言触角，甚至某些结构特质根本听不到，只存在于语言之中。有了语言，音乐经验被记忆得更清晰，也在为更多的语言隐喻做贡献。

音乐和建筑的联系，荒谬还是真实

在历史上，音乐和语言既已发展出千万种"奇葩"的勾结，我这里只举一个有趣的案例：音乐和建筑在语言中的映射。

有人说音乐是 XX 的建筑，建筑是 YY 的音乐，而在我看来那个 XX 和 YY 才是事物的本质，其他的偷换概念不过是一种狡辩——然而我也同意本质并不唯一，再说谁能剥夺大脑在语言中放飞自我的快乐啊？

一些了解建筑的人可能会用"节奏"一词来形容建筑（还有建筑师用"切分音"来形容一些不对称的结构），而众所周知，节奏本来是音乐语汇，但在建筑中，它可以意味着一些重复的元素，比如颜色、形状、形式等等，比如一组一组的拱门、肋骨交叉拱、圆柱、彩色玻璃窗，数不胜数。当我第一次在书中读到古老的大教堂的"节奏"，大半猜到原因，"不明觉厉"但也有点佩服加惊叹。音乐的节奏和建筑的节奏，在我看来并不是同一种东西——其媒介一为时间，一为空间，但确实都有规整和分组的需求，也依赖重复来建立框架，并且都能传递情感。有人就这么"假借"了，并且被很多人接受，在理解建筑的人眼里，建筑结构也有动态和叙事。巧的是，爱因斯坦的相对论确实指出来，时间和空间互相作用，甚至可以互相转换。我们普通人的大脑虽然没有悟出相对论，但隐喻也好、概念混搭也好，偏巧能化合出这样不可预测的幻觉，并且资深观察者凝视音乐或者建筑，都能蒸馏出超出日常的隐喻。

我曾经开玩笑地说，假如我们的fMRI能追踪空间性和时间性的描述在人脑中如何相互完成映射和转化，是否能成为神经科学中一个有用的案例？

不久前，大名鼎鼎的塔利斯学者（Talis Scholars）合唱组来温哥华演出，我按照老习惯，在网上预习了一下他们要演唱的曲目，找到的录音也包括五花八门的演唱组。在非常不同的教堂空间里，各种演唱组在排布演唱者的时候，都有自己的选择。有些演出，把低音部排在教堂中殿的两翼，各个声部在空间上都分开，也有一些是集中并环形排布。而在Talis Scholars的现场，我发现他们按作品风格站成不同的队形。也许是噱头，也许是声部需要，但至少他们确实想传达一种空间感。

对，音乐的空间感。教堂合唱中，有空疏的声部，也有逐渐增减的对位，那么音乐和空间，会不会仅仅来自记谱方式带来的错觉？对任何一个读谱的人来说，多声部在谱纸上的布局，都会直接带来这种空间感，然而在音乐进行中，至少在欧洲的和声理论里，八度、五度之差并不"远"，它们其实近到相邻，反而是半音之遥，让人在情感上突然有千里之远，一个和弦在半音之内起伏，情绪则如同瞬间坐上"时光机"。但不可否认演奏、演唱者抵达八度之外是要"跳跃"的。音高、音色、调性、和声，哪些音素更有空间感？见仁见智。

然而，从声学角度看，音乐和建筑有着极为真实的联系，除了乐器、人声的站位、管风琴音管的排布对音效的影响，还包括听者身处不同位置对声音的感受。我在同一座大教堂里听音乐会，不同场次坐在不同的位置，发现每个位置都给了我一种不同的体验，夸张一点说，教堂里的音乐有无数种听法，因为每挪一步，音乐和空间都合作出一个新场景。音乐厅当然也有类似效果，但教堂里障碍物（比如支柱）更多，让"我听到的音乐"更不可预测。

最近我读到一本关于人如何感知空间的书《创造空间》(*Making Space*)，其中包括眼、耳如何判断视觉或声音信号的位置，而这至少是"空间感"的一个重要成分。

话说各种动物的耳朵，都有判断声源位置的能力，因为耳朵有两个，它们之间有距离。简单地说，人类和许多动物的听觉回路之中，有些神经元接收来自两只耳朵的声音信号，通过比较声波到达两耳的时间差，帮助大脑感知声源的位置。响度抵达双耳的差别也能让人推测出声源位置，因为头部的遮挡。而头部的遮挡让响度在两耳中差了多少？有趣的是，高音的声波因为波长短，在头部也就是障碍物附近散射得较多，所以"损失"得更多，所以高音在两耳中的相对响度差别（单位是分贝）比低音要大。但仅仅靠两耳位置的差别来定位声音还远远不够，毕竟空间是三维的，所以人类有着褶皱的外耳廓（就是伸手能摸到的这个耳朵）这个东西像均衡器（equalizer）那样，让不同声音频率体现不同的衰减程度，给大脑提供声源位置的线索。别的动物当然也会，并且可能比人的能力更强。

关于不同频率的声音下衰减模式的差别，《创造空

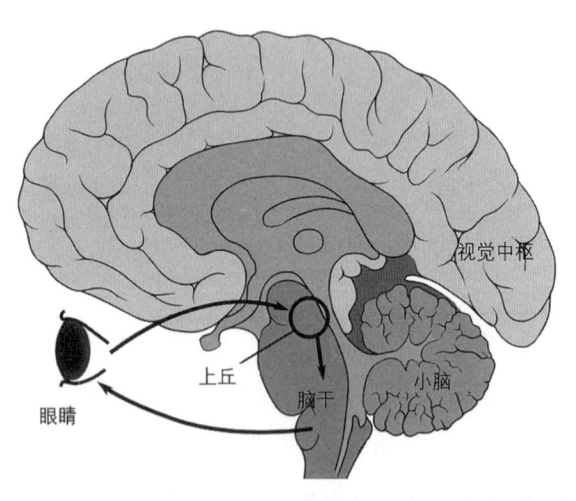

上丘根据视觉中枢的信号建构出一幅视图，据此通过脑干中的神经束调整眼球运动来聚焦。

间》的作者格罗（Jennifer Groh）举例说，音乐从二楼传来，和朋友从楼下叫你，会体现不同的衰减，你的耳朵可能过滤掉不同的频率，尽管距离看上去差不多。具体到各种情况，有着相当复杂的算法，跟音频、头部位置、人对声音的记忆等许多因素相关，所以用耳廓来听声源，跟跳过耳廓用耳机来听是不同的情况，现代的音响工业更是一个讲不完的大坑。

如果这还不够复杂，在空间感方面，听觉还严重地受视觉影响！人脑已经自带了整合眼耳功能的设备，其中包括位于中脑中的上丘（superior colliculus，简称SC）结构，上丘通过神经回路与眼球运动和头部运动控制相连接，在视觉信号刺激下调节眼睛和头部的反应，也就是，人会跟随不同位置的目标转动眼球，也会转动头部，而人耳在判断声源的时候，也依赖头部的位置，这只是两者互相影响的一个方面。

格罗教授提到眼耳功能的沟通和整合，已经用到了"跨越语言障碍"这个说法。所以，视觉和听觉、音乐和空间的这种联系，不可能不反映在语言上，不可能不激发相关的隐喻。好吧，视与听，两者的功能本来在两个维度上，鸿沟不小，但从神经传导水平已经在部分地换算，至少在空间感这个方面。她在网络课上就曾经兴奋地说上丘是自己近年最心爱的结构，因为它谜团太多，太有趣了不是吗？近年，越来越多的研究揭示眼球的位置信息在抵达上丘之前，就整合进了听觉回路，而上丘这个小小的结构，已经被研究者分成好几层，其功能仍然充满未知。

当然，我并没有因为上丘沟通眼耳的功能，就断定它造成了人们对音乐和建筑的通感，但人的耳朵就是个"时空转换大师"。至于时空在词语中的映射，你可以说它是文化中的玄学，但也有大脑的生理基础。也可以说，是语言这个强大的"器官"在记忆的辅佐下最终凝结出这种感受。在巴别塔的故事里，人类因为语言的阻隔而无法造出通天塔。然而在另一个维度上，语言又像泥土一样黏合脑功能和人生经验，创造出一个虽不能通天、但相当丰富并不断生长的小世界。世上事物千千万万，人脑无法分别处理它们，一定要找到联系。好比森林中的树木之间靠土壤来交流营养，世上万物靠语言的联系映射到人脑之中。

音乐的传播：谁在撬动语言

上面说到语言跟音乐时时短兵相接，因为人脑顽强地解读声音，几乎不可抗拒。暂时放下神经科学的话题，如果只用文化来构建解读音乐的语言，我们能走多远？我以为，音乐和语言的互相作用，在当下看得更清楚：如今资源极为丰富，话语也极为丰富，词汇的触角无处不在。但它能不能攻克当代音乐较难懂的那部分？

比如，有人说现代音乐看似每个作品都不同，其实又特别趋同。对此我觉得事实可能有多面，首先是不是现代作品都"客观"地趋同？不否认这种可能，但衡量起来太难，至少对我完全是未知数。但我猜一下原因，有可能是因为"创新"的欲望在现代太强烈了，太多认真的作品都试图与众不同，那么你让一个受者去谈感受，他就没有基准线可以比较，而脑中没有成形的词汇去归类，就只好糊里糊涂地认为每个都不同，不管什么东西，只要有"每个都X"的趋势，最终就在人脑中被标成相同。所以在我看来，与其说现代音乐听上去都一样，不如说听者用语言记录它们的方式、最后形成的记忆贫乏得相同，当然可怜的听者也是因为现代音乐变化太快，语言追不上更来不及沉积。另有一例，某位跟当代视觉艺术界有交往的友人愤愤地跟我说，当代艺术界无聊透了，干什么都是骗政府的钱，作品还没见面，已经请好了人写评论，最后作品和评论合作成一个貌似高深的东西，满足大家一个听故事的需要。我觉得，刨去其中虚矫、人为的东西，作品＋话语，自古以来倒是一个正常的渠道，人脑中若没有下沉出一个归结到语言的经验，就不可能吸收到文化里。

然而，即便是那些还算悦耳的主流古典音乐，在当代仍然不易传播，因为历史之隔，因为其复杂的本性、时代的需求等等。但是，欧洲古典音乐也碰巧拿到了一张彩票：它记谱的精确、高度的结构性、逻辑性和复杂度虽然没有用在讲故事上，但它有另一类讲法。大师课甚至一节普通的钢琴课上，老师头头是道地分析音乐的逻辑，有时两小节复杂的音乐就能讲出一个小时，瓦格纳的特里斯坦和弦能填充许多博士论文也不奇怪。所以，复杂的经典音乐提供了一种学院式、理论化的语言，这样它跟教育体系重合度较高，能寄生在学校中，被一代代老师和专家讲下去，无论是音乐学院还是私人工作室，系统化的学习可以经年累月。当然，学校生活不是一种"自发"的生活方式，所以有些东西在校园外的日常大行其道，有些东西则仗着人类的教育需求和资源不断传承。所以，连这种音乐也一直在被讲述，尽管对公众而言，它常常来自"沉默而有话语权的极少数"。

说到这里，我对照谱子认真听了一首莫扎特的弦乐四重奏 K. 458，也仔仔细细看了他在奏鸣曲式中如何把呈示部的乐句小心切碎了贴到发展部，然后它们也都在再现部中变身但能辨认（即便在这个简单的句子中，我已经不自觉地应用了好几个隐喻）。总之，我觉得古典作曲家的音乐，总有一种"同质性"，音乐也许有特别可记的旋律，也许没有，但总有一种珍珠密布的连续感。有人可能说这也是一种"建筑"，但我觉得作曲家苦心在音乐中处处搭桥或者埋藏"线人"，重要原因之一是为了帮人记忆，所以编织了这种网络，而这种高度依赖记忆的需求，在以空间性存在为主的建筑中并没有对等的元素。这样说来，我上文中的巴别塔之喻，应该这样讲：我们所感知到的时间性和空间性，在这种音乐面前只有不堪一击的"语言性"连结它们，并且只存在于不太高明的隐喻之中。不过且慢，这首精致细腻、可以容纳无穷分析的K.458，偏偏有个别名叫作"狩猎"，此标题在许许多多荒谬的音乐标题中，不算最不靠谱，但它和许许多多莫名其妙的音乐标题一样（比如莫扎特的所谓《朱庇特交响曲》），让这首曲子成为同类作品中识别率最高、最常上演之作。

参考文献

1. George Lakoff and Mark Johnson, *Metaphors We Live By*, University of Chicago Press (2003).
2. Spencer Kelly, *Language and Mind*, The Teaching Company (2020).
3. Jennifer Groh, *Making Space: How the Brain Knows Where Things Are*, Belknap Press (2014).

那些不能言说的：音乐、表达及其他

音乐是流动的建筑。建筑是凝固的音乐。

——歌德

用语言描述音乐,好比用舞蹈来描述建筑。

——好几位名人被当作这句话的出处,包括钢琴家克拉拉·舒曼

这两句话各有各的机灵,放在一起当然是矛盾的。如果建筑是一种XX的音乐,那么舞蹈之有何不可?

一

每每听说"音乐是全人类的语言",我就会陷入郁闷,因为不能想象什么音乐不需要文化背景和生活经历去感受。海顿确实说过"我的语言,全世界都能听懂",我开玩笑地说,那是指全世界听惯海顿音乐的观众。当然,从海顿的时代到现在,这个欧洲传统音乐文化的圈子早已扩散到全世界,即便如此,它自己仍然只是各种惯性系之一。

不过，音乐虽然被文化污染得厉害，但其中个别元素确有生理性，比如节奏（和谐音程比如五度八度是否穿越文化，至今仍然是有争议的话题）。人脑深部中一系列神经核团构成的功能体，比如基底神经节（basal ganglia，体积大约 10 立方厘米）在解析复杂运动，将之简化成自动行为（比如走路、开门等等）方面极为关键，它尤其能帮人脑抽取、感知和预测音乐的节奏，再加上它能从重复中获得快感（所以跟上瘾也有密切关系），所以基本可以这样说，音乐不一定超越文化，但大概率能横扫各种健康人的基底神经节，其感染力是客观存在的。和语言相比，与其说音乐穿越国界，不如说节奏感穿越国界。而且，人类在漫漫文明长河中，已经找到了许多伴随音乐的活动，比如把节奏抽取出来——跟有节奏的语言，也就是诗歌对应的——叫作歌曲的东西。又比如，跟节奏相对应的，有节奏的身体运动，也就是舞蹈。前面提到的基底神经节，也和运动中枢有着紧密联系，所以节奏—运动—身体，这几个方面都有互动，是音乐的一部分生理基础。不少科学家都认定音乐并非人类进化所必须，不像语言；然而歌曲和舞蹈出现在几乎所有已知的文明中。

顺便说一下，关于语言和音乐的联系已经有过很多著作。在研究人脑、进化以及音乐语言关系的经典著作《音乐、语言和大脑》（*Music, Language, and the Brain*）

中的《进化》一章说到，目前并无证据表明，人脑对音乐的学习有这样一个类似语言的关键期。人自幼学乐器，因年龄小而获益、发展飞快的不是音乐性，甚至也不是听觉（只有绝对音高是个特殊情况，和幼年的接触相关），而是运动能力，比如手指的灵活性和独立性。因为音乐和语言有极高的重合度，比如对声音的辨识，对结构的记忆，对意义的解析等等，人们往往误把语言能力的发展当成音乐能力的发展。

二

世上绝大多数事物，都很难描述。从嗅觉、味觉到诸事的经历更如此。不少音乐还有乐谱可循，算是有个粗线条的叙事，但文字有没有对味觉的深入肌理的、有过程、有章法的讲述呢？还有更玄妙同时也更普通的嗅觉、触感和平衡感（只有失去它的患者才能体会到它的意义），它们为什么不能有自己的叙事和深度记录？语言早已学会用环境和上下文的比照来讲述，也可以用周边的体验和行动去探求或凸显，比如美食和烹调文字之于味觉就算一种。但各种感触和经历并不平等，语言是残缺的，它永远有生长的空间。

再比如人人都看的体育，在巨大的市场背后，语言的贫瘠让人惊讶。

这里举个体育报道中的例子：

> 管晨辰上平衡木后直接连跳，接着一串前空翻，一个360度旋转，接一个后屈两周落地。

事件的过程讲得清晰准确，已经算有质量的评论，也满足了上下文的需求，但只及一点。类似的叙述至少漏掉了运动员跃起的时候是怎么发的力，身体哪个点承受了最多（如果有伤病，她的身体有什么样的反应），在空中如何定位，又在哪个点感到自己能站稳了，喜不自禁。除了运动员和教练，大约一个运动医学的专家才能理解到背后的信息，我们在通常的体育新闻和评论里，根本看不到运动员和自己肢体的亲密关系。再比如，运动员练习击球，到底怎么捕捉那个发力的点和恰到好处的速度？教练可能说"要在练习中体会"。这就是了，不要说外人体会不到，运动员之间也未必能用语言讲清。肌肉感觉、记忆、空间感，等等等等，都如此。然而一代代人还是把技艺传下来了，靠的肯定是语言和其他经历的整合。"还是不太对劲。就差那么一点，再试试……再试试，对了。"为什么要这样击球而不是那样？为什么这个翻腾失败了？我喜欢看运动员在访谈中偶尔泄露的对技术的讲述，"击球要打在中心，不是球皮上"，"吃球要吃得深"，或者是倾诉，体操运动员程菲说到自己的伤病，"我把膝盖当作一个朋友来小心翼翼地哄着"。我们普通人，对肌肉骨骼的逻辑理解得太少，但未必不能用常识去揣测。不过我从小到大看过无数体育报道，并不常见到对运动真有同理心的话语。我指的还不是某种运动指南，甚至也不是直接评论技术、风格的球评，只是那么一种对身体的亲密讲述，这是一种我想象中的体育语文，也许它并不存在，也许它只能散见于个别运动员的社交媒体上。

总之还是感到奇怪，人体的活动，在现代生活中居然仍未大量激发精准的语言（无论社交媒体上有多少喋喋不休的生活片段，无事不能入文字）。人体虽然普通，但它的动作幅度很大，变量很多，可训练的空间几乎无穷，而我们的肢体的三维运动，在语言中捕捉甚少——似乎只有摄影和雕塑艺术才是有意义的归宿。在活生生的运动中，人们只会用远观的视角，给运动形态贴上标签。至于竞技比赛的结果，更多是对事件和人生的讲述，这些可以形成充满情感的精彩叙事，但并不一定和运动本身相关。所以，运动场虽然极为大众化，但人体的信息只在"身体"中存在，它注定沉默，因为外行无法体会的语汇，因为我们之间的人生的阻隔。可语言不正是为了跨越人生鸿沟而存在的吗？我们都同意语言是为相应的人群而存在，运动员之间哪怕无法完全沟通，但试探几次之后就会明白；乐队指挥对演奏员哼唱比划外加解说，一定会收获想要的结果。不过我们可不可以把目标听众稍微扩大一点点，指挥面对听过音乐但不会演奏的人，运动员面对看过比赛但没打过球的人，有没有可能传达一些跟身体相关并且有意义的东西？

用语言讲述任何经历，在某种程度上都是徒劳，哪怕复述语言本身。就算语言可以精确到还原体验，动态的体验总会更活跃并且领先一步，而语言一旦写下，就会被活生生的阅读者踩在脚下并超越。但语言本能却又如此之强大，不管什么经验，要压抑表达的欲望同样是徒劳。只是，多数表达都难以书写。语言是人类进化中形成的生存工具，但它不可避免地，发达细化到无关生死，为欲望而表达，为表达而表达，表达改变了世界，表达就是存在。网络时代，人一边误读，一边疯狂表达，各种破碎、瞬间、浅层次、潜意识的说法都有充分的机会被暗示出来，遇到读懂的机会，也不断被鼓励，可以持续地发表，被听到。

三

说说我稍微多知道一点的音乐和语言。

戏剧性的强奏带出了贯穿整首交响曲的"命

运"动机，随后不同声部不停模仿此一节奏，慢慢组成一个旋律，并将第一主题的乐段再次推向齐奏。随后圆号奏出 Eb 大调的过渡乐句。Eb 大调的第二主题标注为 p，歌唱性较强……中间较弱的部分就像战斗间的喘息。再现部有一段双簧管乐段模仿了即兴演奏的风格，此外圆号的过渡性乐句则改由低音管演奏。

——摘自维基百科，贝多芬第五交响曲词条

可见，用文字来讲述交响曲的呈示部和发展部，可以相当准确，甚至音乐的发展方式跟文字的叙事也有很多共性：比如"增强""变化"，甚至共享一个粗糙的叙事线条。只是，调性从 C 小调进行到降 E 大调还算可以用"进入关系大调"来指称，它的配器也可以用"增加了一只双簧管"来叙述，但音乐引起的心理变化并不是文字中的"增加了一只双簧管"所能囊括的，至少会漏掉音色的变化以及背后选择和道理。在这里，声音和文字已经分道扬镳，或者说彼此的联系只有电线那么细。如果我试图让文字靠近音乐一点点，用文字中的情绪来比拟音乐激起的心情，也许能获得一些情绪方面的立体感，但线性的文字如何模拟音乐中多声部合作出的空间感？文字也并不一定那么线性，它的每个成分，都是包括读者在内的人的生活经验的（统计性）聚焦，一

那些不能言说的：音乐、表达及其他

定也有偏离结果的散点，也就是歧义，更有人生经验照射下的不同轨道。即便一切都精准得如作者所料，下面贝多芬做了什么？"他令人吃惊地转到 X 调"，然而这个过程落到纸上，并不那么令人吃惊。一堆词语的龟爬，早就把音乐在时间中呈现的那 0.1 秒的颤栗滤掉了。

我猜，假如文字和音乐是两棵交错的树，切开断面一定会有许多相遇的点。只是它们的脉络可能南辕北辙。任何人类活动（音乐并不特殊）在历史上不断遭遇语言，都好比山楂果肉滚在白糖里，哪怕互相沾染浸润，也有滚不到的地方。

而无论什么活动，往往会扯上一些专业评论。就算音乐中的乐评可以忽视，但认真的从业者至少躲不开一类文字表达，这就是对音乐的研究和分析。关于音乐和语言、意义的追寻，现有研究已经足够列出一页参考文献，其中有一些聪明的说法，比如"音乐的意义和快感"的论题——把那些能够清晰言说的称为意义，剩下的则是快感，还颇有道理，毕竟快感是个能盛装许多难言物质的大筐，而且免检。

只是筐内筐外之物难免蹿上蹿下，不得安生。

美国音乐学家、理论家克雷默（Lawrence Kramer）教授在"音乐和意义"上更是有一系列著作。其中有一篇早期的论文，狡猾地挑了一个极端的例子来讲音乐分析，题为《海顿的混沌和申克的秩序：或者，诠释学和音乐分析能否混合？》(Haydn's Chaos, Schenker's Order; Or, Hermeneutics and Musical Analysis: Can They Mix?)，分析的是申克对海顿清唱剧《创世纪》的评论。

申克这个 20 世纪初的音乐理论家，曾经影响很大，如今遭受的非议越来越多。其实他的理论并不简单，但多少被简化和丑化，再加上正好在种族主义盛行和特别需要民族自豪感的时候，申克试图证明"所有最伟大的音乐家一定是德意志人"，留下了"肖邦必须是德国人"的历史笑柄。用今天的话说，他坚持对作品的"深层结构"（Ursatz）分析是一种终结式的硬核解读。虽然遭受很多批评，但指挥大师富特文格勒当时一直虚心向他求教，他也以此为自豪。直到今天，申克仍有他的价值，具体到作品则见仁见智，比如用这种结构理论去分析海顿的《创世纪》。

申克认为海顿的《创世纪》序曲就是一系列管弦乐的"短小爆发"（thrusts），之后它变成逐渐消退的大型"线性运动"，音区不断"下沉"——他一贯的分析法，仍然将声音列成线条。申克倒不是讲错，而是对这个案例而言，正好成了克雷默的活靶子。话说海顿这个人，虽然写了大片中规中矩的交响曲和室内乐，但不入套路的也不少，有的让今天的批评家都接不住招，用什么语言都收不住它。而海顿《创世纪》的序曲，偏偏最有画面感，也很抗简化，因为第一乐章的手段，很大一部分是音色的变化，很难用一串音符的逻辑来呈现。而音色这个声音特质，连物理学上都没有一个确定的参数去衡量，能用一系列数字去逼近。从"音"到"色"，本来就有一定的通感成分，翻译成文字则成了通感的换算，自己算算可以，大家沟通起来就难免痛苦。可是另一方面，各种语言都是充满隐喻的，比如"××的声音很温暖"，"××很明亮"，等等，从音色、音高到形状、数量比较，语言中的延伸无处不在，但凡使用语言的人，多多少少被训练得能够沟通。

总之，混沌难谈，音色难讲。而对付这个序曲开头的时候，英国评论家托维老师就聪明得多，他妥帖地把这种汗漫的音响跟康德和拉普拉斯的天文猜想联系起来：好比是太阳系中一团滚动的气体云。克雷默认为，用文字来提示海顿的这个序曲，无论是混沌还是有了光之后，其实是可能的，前提是音乐家和听者，处在类似的联想土壤上。克雷默在康德之外，也举了英国诗人布莱克的名画"The Ancient of Days"（《永恒之神》），说明海顿并未远离欧洲传统中对混沌的想象，而对它的解读，也应放在时人理解宇宙的心理图景之中。

顺便说一下，今天的听众见识过太多不和谐音程，对乐队演奏的《创世纪》序曲的尖锐、不规则，尤其是刻意回避和声进行的逻辑，可能感受并不强烈。要想某种程度上还原那种感觉，自己可以在键盘乐器上试一下，那种音与音之间残忍掐架的感觉才会凸显，并且之后它没有解决，而是刻意"迷失方向"。当然这仅仅是暗示性的，最多是一种另类的人造秩序。海顿谦卑地把序曲标题定为《对混沌的呈现》而不是《混沌》——是的，这是一种始于相信、终于相信的表达，并且意识到自己的相信，索性把期待掷入听者意识的黑洞里，不再探寻。在这一刻，语言在陌生的图景面前归于沉寂，可是意识终将不甘，语言终将反抗，沉入黑洞之物终将浮起，即便不是海顿，他人也会延续属于自己的相信。克雷默举出海顿之前的普赛尔（《圣塞西利亚节日颂歌》）、之后的贝多芬（《第九交响曲》）都有过创世纪的意象，人类即便知道那个景象非自己所能见，仍然不断地看，甚至看见。

而音乐中的"看见"，古已有之。人是视觉主导的动物，据说跟视觉相关的活动占到60%—70%，其中大部分是视觉伴随其他活动，而听觉相关的活动也会伴随其他感官。"听见"某种景象，并非虚妄之言，而是人脑在进化中形成的一种能力。

那么在《创世记》中，光是怎样被听见的？克雷默引用另一位理论家柯肯德尔（Warren Kirkendale）谈论贝多芬《庄严弥撒》，提到从公元2世纪到16世纪常常出现圣母领报（即玛丽亚听到耶稣即将降生的消息）之时，玛丽亚的耳朵上有光。按中世纪哲学家波爱修斯（Boethius）的说法，音乐分为三类，最高的宇宙音乐（*musica mundana*）是人类听不到的。音乐家们则想办法用这种"听不到"来让人听到。曾经，有一段时间没听《创世纪》，我想不起来海顿的"光"是什么样的——会用一种迅速铺开的弦乐音响来描绘光线的柔软质地吗？会用管乐器的金辉照亮全场吗？而他的上帝之光其实是简单粗暴的炸裂式乐队齐奏——一个 C 大调和弦而已。这对喜欢"惊愕"的海顿来说并不奇怪，但如果映射到科学、历史的叙述，尤其是 18 世纪对宇宙图景的理解，自有一番趣味。天文学家开普勒曾经梦想自己所发现的星球轨道比例能够符合这样一个"和弦"才圆满，跟中国古人的"唯乐不可以伪"或有契合。然而人心中的圆满或许曾经存在于艺术或对艺术的描述中，当时代把一切变得更复杂之后，圆满也不再变动不居了。

一百多年后，理查德·施特劳斯的《查拉斯特拉如是说》的开头也有一个 C 大调和弦，用在库布里克的《2001 太空漫游》开头，活活把它读成"创世纪"，那种爆炸和敞开让人听得泪奔。

四

我不会欣赏建筑，所以不敢说对"建筑是凝固的音乐"有什么感觉,但"音乐是流动的建筑"这句话则让我体味良久。它的妙处不仅仅在于指出"音乐很有结构性",更在于提醒我们"音乐尽管有结构性,仍然很难被当作建筑"。看似明显,仍要从视觉和听觉的区别说起。

从眼耳功能的区别来说,尽管光波声波都有波粒二相性,但光线打在视网膜上,起关键作用的是光波的粒子性——生成一个点对点的位图;而人耳是靠狭长耳蜗管来分析声波的(而且是缓慢巨大的声波),重要的是声波的波动性,没有那种一网打尽的成像过程。而从对信号的处理来说,神经系统对视觉和听觉的处理都有编码的过程。视觉编码,是以视网膜上形成的神经活动模式为基础,经过一系列处理后最终在大脑皮层形成视觉脑图(brain map),这个地图本身就包含了各个点的位置信息,当然它要经过许多神经元参与的计算和修剪,才能正确地处理和判断这个位置。而人脑对听觉的编码,是以这个外部刺激,让对之敏感的神经元释放神经递质的数量来判断的,这就不是脑图,而是衡量神经活动多少的"脑表"(brain meter)。虽然没有点对点的信息,但参与的神经元数量和外部刺激成正比,也能比较精确地判断声音位置。

尽管大脑对听觉和视觉有不同的处理模式,但位于中脑的上丘把两者及其他整合起来，它的有些层次处理视觉，有些层次处理听觉信号，不同区域甚至可能"共享"某些神经元。总之，人的感官协作本来就是日常，并且这种协作依赖后天的学习，听、看和其他感官有时几乎能互相替代，而天然喜欢隐喻的文化和文字，更要忍不住撮合它们。

这样说来，音乐和形象、语言半推半就的关系也算可以和解了？而对音乐的研究和分析，我倒有一点恶趣味，就是看人怎么谈最难跟文字发生映射的音色和调性。对此，罗森的《C小调风格》（收录于《音乐与情感中》）一文展示了一种不坏的谈法，他的重点没有放在堆砌和形容C小调的神秘特点上，而是用一些谱例让大家体会对C小调是怎样处理的，作曲家用了哪些因为C小调才会使用的手法。罗森也提及了海顿的《创世纪》，说他尽管想通过避免各种传统来展示"混沌"，还是不可避免地，处处都体现了传统，甚至是他自己的传统。在我读来，作曲家选择C小调，可能是因为C小调作为调性的特殊，也可能是因为偏巧写了几首较为罕见但共振于特殊心理图景的C小调交响曲，都有一个让人胸闷的乐队合奏开头，偏偏又被莫扎特认同，写出了类似开头的钢琴奏鸣曲K. 475和钢琴协奏曲K. 491，之后海顿的《创世纪》成了他自己的C小调终结版，再以后贝多芬的《第五交响曲》是大家都知道的历史。一个难以言传的调性色彩，最终引出一段让音乐理论家们振振有词的叙述，框架当然是人造的，但它有个发展的脉络，又没有紧到毫无振动的空间，所以果真拥有了一段生命。

是的，我相信事件在时间中的展开，也即叙事，是文字功能的最佳体现。我举的维基百科等等文字对音乐和体操的简单描述，虽然只及一点，但那个有时序的框架并非没有价值，同样，我也并不认为申克的解读就完全失败。就拿音乐来说，在一个简单的时间框架里，音乐自行奔跑，听音乐的意识也在奔跑，虽然路径不同，仍有相似的出发点和边界，时间和记忆给了人记录和交流的基础，也在期待不同的填充物。我就曾经构想这样一类科幻小说：不一样的神经回路外加人工智能，训练出不一样的大脑，从而有不同的通感，人类的语言也因此不同。有一天我们会说一记很咸的拳头打在身上，一朵茉莉花形状的和弦站得很低，一只甜冰激凌吃下去好像在读一个曲折浪漫的故事，一声不和谐的撞击讲清楚一个传奇，一声尖叫的声波则呈现兔子的形状……当然语言的质地也会重构，我们生活的丝丝缕缕也会重写，会不会写出个帅出天际的世界？

参考文献

1. Lawrence Kramer, *Haydn's Chaos, Schenker's Order; Or, Hermeneutics and Musical Analysis: Can They Mix?*, 19-century Music (1992).
2. Lawrence Kramer, *Music and Representation: The Instance of Haydn's Creation*, Cambridge University Press (1992).
3. Ann M Graybiel, "Habits, Rituals, and the Evaluative Brain", *Annu Rev Neurosci* (2008).
4. Charles Rosen, *Music and Sentiment*, Yale University Press (2011).
5. Jennifer M. Groh, *The Brain and Space*, Coursera.

古尔德、多声部和多相大脑

一

乐迷都知道巴赫专家，加拿大钢琴家古尔德，但他后来跨界搞的纪录片大多无关音乐，所以粉丝如我也并不关心，即便知道古尔德自己很看重。自从读了帕西克（Peter Pesic）的《多相大脑：脑半球的音乐》（Polyphonic Minds: Music of the Hemispheres），才想起来这一块。我在加拿大居住久了，越发理解古尔德和加拿大的联系，也读了一些加拿大北方的书。缘分所至，我开始了解古尔德录制的《孤独三部曲》（Solitude Trilogy）。令人吃惊的是，古尔德不是据传为"阿斯伯格"吗？按说对他人反应毫不关心，可是他对人的故事怎么这么感兴趣？而且是那种细腻深挚的关心和细品。这是一部跟音乐无关的"作曲"。在第一集《北方的概念》中，唯一的音乐是西贝柳斯的第五交响曲，作为巴洛克音乐中常见的通奏低音来用。第二、第三集索性更极端，人物介绍和叙事都没有了，只有众多声音进进出出地倾诉。而他绝非随机选取，而是相当刻意，仍是"控制狂"本色。从第一部开始，跟录音师常常工作到凌晨，细修每个字甚至每个音节，连火车声都用来形成结构，三部曲的形成历经十年，每集都是在几百小时的材料基础上编辑出来的，完全是古尔德式高度控制的产物。在这一点上，更大胆的约翰·凯奇的《收音机音乐》就不同，毫无排布，任由人声随机发生。

加拿大的北方，一般特指几个原住民区：育空、西北和1999年才成立的努纳武特，这些地区寒冷广袤，人口极少。它们本身因为承载殖民历史，有说不完的故事。当年的殖民者，虽然跟当地的原住民没有发生美利坚土地上那么暴力的冲突，但矛盾和破碎的历史叙事无处不在，至今也并没简化多少，更没有一个能讲清楚的未来，本身就是让叙述者对付不了的"对位"。古尔德在多伦多长大，原本跟稀薄的北方相去甚远，这些地方他就为了录音才去的。不过他有北方情结，孤独情结，也有多声部情结，跑去录制纽芬兰岛、因纽特人、温尼佩格等地的门诺会[1]，把录音做成多声音进行的广播节目。他的视角当然是白人的视角，即便对北方原住民所遭受的忽视愤愤不平，也并没有为之直接呼吁，但可贵的是，他也没有把北方生活简单地浪漫化，这些真实的人物揭示了北方生活的方方面面：有人在其中冥想，挣

---

[1] 一个疏离于主流教会的基督教会。

扎着跟自身获得和解；有人意识到在孤立环境中人与人的互助何等重要，但躲不开的流言也让人窒息发疯；有人在单调的生活中焦虑，唯愿某个周末能逃离一下，然而这完全是奢望；有人则痛恨外人对爱斯基摩和冰屋的符号化，倾诉北方的丑陋：肮脏、没有卫生条件、生活贫乏，只能酗酒或者反社会，常感空虚无傍，渴望逃离，人命在贫乏的生活中终于夭折。对于《北方的概念》，古尔德也说，表面是讲加拿大的北方，"其实事关人类灵魂的暗夜。它是一篇倾诉人类孤独境地的散文"。第二集《晚来者》和第三集《大地的安静》中，录音伴随着海浪声、铁轨声，背景甚至时时淹没人声。更多的时候，完全不同的意见同时出现，男声女声，彼此淹没。这些人各自吐槽，但声调柔和有控制，措辞有分寸，到底是好脾气的加拿大人，甚至让我感觉是古尔德本人的一种投影。

话说，我喜欢的加拿大小说家海伊（Elizabeth Hay）写过一本以北方极地黄刀镇（Yellowknife）为地点的小说《空中的夜晚》(*Late Nights on Air*)，里面就有这种苦寒里的顺应，以及完全在收音机声音中建立的故事与政治，女人爱上男人，因为他的声音。海伊好几部作品的故事背景中都有古尔德的巴赫。"他的巴赫稀疏、抽象但神秘。它从来都不美丽，当然更不滥情。这是个北方人的巴赫，像冷天一样刺穿听者。"这是钢琴家杜巴尔的话。文学评论家斯坦纳说古尔德的巴赫"闪光，尖锐，干燥，奇怪地让人陶醉，好比加拿大冬天的清晨"。冰冷和干燥，不好说是巴赫的必然或者固有，或许这一切都偏巧发生。加拿大作为一个偏远的小国，居然把巴赫深深吸纳到文化中。

技术狂、录音狂古尔德，到底也是复调狂。在这些纪录片中，他精心设计了声音和故事的进进出出和同时进行，比如常常有一个主要声音先出来，如同音乐中的赋格主题，最后抵达巴赫音乐中常见的四声部，并且往往有一个声音占主导，确保人能听清。这是他的"复调广播"，也可能是他的一种自传。比如第三集的重点稍稍偏离北方，聚焦在门诺会成员，背景是教堂礼拜的声音。门诺会成员不看电影电视，没有通常的娱乐，就在这自我设限的生活中平静度日。可以想象，其会员总会有一部分逐渐远离，有一部分始终坚守。这种冲突也是古尔德的对位日常。

不少人认为古尔德不专心多录或者多写音乐，浪费时间在"广播剧"上干什么？但他认为这就是一种创造，跟写作音乐一样。此时的古尔德，告别舞台已经三年，潜心在录音室里生活，作曲的尝试并未成功，不过他有了那句著名的"子宫一样宁静的录音室"之说。录音室是家园，更是"多声部"的最终实验室。

二

帕西克的《多相大脑：脑半球的音乐》，从多声部音乐讲到大脑的多任务本质。从欧洲多声部音乐的源头讲起，颇为烦琐。顺便说一下，帕西克本人在美国著名文理学院圣约翰大学教书，既研究科学史又开钢琴独奏会，大约对古典学也有几分修为，所以不管讲什么，动辄考据古希腊起源。

多声部的教堂音乐，有史记载大约是9世纪开始的。世人往往夸大欧洲音乐复调音乐之早，其实古希腊并无多声部音乐传世，格里高利圣咏更是单声部。据帕西克说，多声的概念始于对教义的紧张辩论，逐渐变成一种对上帝声音的展示：上帝一定知晓世间的各种声音。托马斯·阿奎那强调音乐要简单，多声部的复杂音乐属于上帝，因为只有上帝拥有全能视角。但丁则认为人若与神同在，应理解多声之美。大约多声部也曾是"禁果"的一种，人最后还是忍不住将之收为己有。14世纪，马肖（Guillaume de Machaut，1300—1377）的弥撒是现存最早的多声部弥撒，如今看来它已经复杂而精致。之后的佛罗伦萨，有过回归古希腊单声部音乐和各种悲剧的复古倾向，比如物理学家伽利略的父亲文森佐（Vincenzo Galilei，1520—1591）和同道形成的小圈子佛罗伦萨宫廷乐团（Florentine Camerata），却因为要回归戏剧，总要讲故事，结果宣叙调音乐不小心挖出了歌剧这个大坑。音乐的复杂、多向和多重才能容下音乐家无尽的梦想。

多声部音乐大师远远不止巴赫和他的同时代人。20世纪，勋伯格、韦伯恩、利盖蒂、艾夫斯等等，赋格作品数不胜数，当然不再那么程式化。利盖蒂有一部半恶搞的《为一百个节拍器而作的交响诗》，一百只节拍器渐渐同时作响，不过这已经不是巴赫复调那种人脑自以为能够处理的情形。从一个"声部"开始逐渐增加，大脑终于吃不消并且放弃了，然后改变了应对方式，一百个"声部"退为无声部，好比花布上的小点点。

有趣的是，帕西克举出作曲家韦伯恩的著作《通向新音乐之路》(*The Path to The New Music*)，其中以多声部的欧洲音乐为例，外加物理学家亥姆霍兹对声学的研究，证明西方复调的独特，尤其是钢琴和管风琴音乐，帮助人类抵达人声所不能及之处。韦伯恩也提到在巴赫这里高度成熟的复调艺术，和欧洲人格外推崇的秩序。不过，人类也好，所谓的西方人也好，真的进化成干干净净的理性了？非也。同时代人普鲁斯特的《追寻逝去的时光》，写的是心理的分裂、多变、不可测与不和谐。在普鲁斯特这里，语言虽然强大，但还远远不够，音乐、气味要一起闪闪发光才能传达那些大大小小的自我。而关于人心的欲说还休、举棋不定，这种文学作品多如牛毛。用帕西克的话来说，自18世纪始，欧洲文学中以多重自我、分裂人格为素材的作品越来越多，它已经成了文学中一个活跃的永恒题材。而人脑的奇诡，任何一种文化中的普通人在社会生活中都能观察到——从美国大选中谣言当道的荒谬现实，到《红楼梦》中处处的皮里阳秋，所谓文学即是人学（岂止文学，从政治、经济、商业、文化到医疗、软件，处处是人的空间），人脑的不确定性给了创造和想象空间，也提供了少数人操纵多数人的空间。

然而韦伯恩对多声部音乐有这样振聋发聩的概括："好几个声部同时发声，结果是增加了'深度'这个维度。乐思在空间中发散，而不只是一种声音。"这句话击中了我，勾起了我对语言、音乐的种种想象，甚至让我联想到星空的图景，那种稀疏星球点缀于太空的动感，星垂平野阔，这已经是射向四方的发散之意了。古尔德的粉丝，都会提到他手上巴赫的多维，以及空旷感和空间感。深度、空间感，本不能听出来，不过我们的经验还是聚焦出这样的语词。

帕西克的重点是西方音乐中的多声部，也指出多声部普遍存在于世界音乐中，只是西方音乐留下了比较明晰的记谱。音乐天然就包含意识的多头并进，比如无论东西方，歌词、舞蹈陪伴音乐都极为常见，如果说声音并无语言上的意义，那么声音与语言或者形象的"正交"，加以反复互相包裹，会产生什么？我们对此习以为常，所以不妨这样问：任何一个物体的颜色、声响、气味、名称都会同时涌入大脑，大脑面对如此紧张的多任务处理，怎么做到日日从容不迫。当然这是神经科学中的大坑，慎入。单是两眼怎么合作出一个影像，就足够科学家写出不少论文；而人耳听见自己能懂的语言，无法将意思从声音中隔离，因为听觉系统早已将语言深植于声音，想刻意去除都做不到。

1863年，物理学家亥姆霍兹的《论音调的感觉》（*Sensations of Tone*）揭示声音的物理规律以及人耳/人脑处理声音的机制，并且指出任何声音都包含无限泛音，所以任何单一乐器上的声音也是"多声部"。巧合或水到渠成，若干年后，勋伯格的一组五首管弦乐小品中出现了，其中的第三首《色彩》（*Farben*）中，和声运动降到简单级别，几乎完全以色彩变化来叙事。我初听昏昏欲睡，因为色块变化的脉络毕竟松软难握，直到看了人家的分析图才有点恍然大悟，这一定不是勋伯格期待的反应。而韦伯恩曾经把巴赫《音乐的奉献》中的六声部赋格改编成管弦乐版本，那种复调支撑下的澄澈对我则是很好的启蒙——这个改编版的重点也在于用音色来叙事——长号负责主题，圆号、小号、竖琴等等各执所本。也就是说，多声部不仅可以是多声线，还可以是音色的分叉，而韦伯恩的多维空间说，也可以引申到多头并进的语言、颜色以及节奏。有趣的是，韦伯恩把勋伯格的管弦乐小品改成了双钢琴，并且很成功。它们本来出自音色的生长、膨胀，却又在颜色的减缩中获得另类生命。

三

也许，多任务的状态，是生命的自主，也是环境的激励。

我自己非常讨厌一心多用，有时一边忍不住看书的时候穿插看手机，一边痛恨自己。不过，韦伯恩关于多维度和深度之说，令人琢磨。我猜，最毁人的是不断切换任务（context switch），未必是平行的多任务，毕竟后者是人类面对的现实，也是大部分动物面对的现实。英语中有句俗话形容某人的愚蠢，"他甚至不会边走边嚼口香糖"，可见多任务执行是生活的日常，甚至可以说许多任务分解下来，都是复杂、平行的——从行走到后天掌握的奇奇怪怪技能（体育、音乐等等），技能从初学时的虚弱、失控到缓缓吸收为自我的一部分，一直都在注意力分散（因为要协调多头操作）和挣扎着记忆的过程中，体验分裂和整合。

我在管风琴上练习之前，常常会在钢琴上练习比较复杂的双手部分，之后再和脚合到一起。但好像，双手在钢琴上形成的肌肉记忆，并不能完全移植到管风琴上，哪怕只用到一个键盘。这指的还不是键盘视觉上的别扭，而是钢琴上手能自动找到的位置，换到管风琴上就不一定了，因为没记住。原来人在管风琴和钢琴上的坐姿、重心、身体和手的角度都不同，而这也是肌肉记忆的一部分，虽然意识并不知晓。弹琴是个整体运动，其中有些参数改变之后，整体都会变形。当然，不仅仅是音乐，但凡涉及身体的重复和反射的活动，身体也参不破自己的奥秘。没有身体（包括手指）的带动，音乐家只靠大脑学不会多声部演奏——身体虽然不够聪明并且能力有限，但它拥有自己的"底层CPU"，坚定地执行指令，执拗起来意识都劝不动。而我在这里所说的"身体"，是指肌肉、脊髓、小脑、基底神经节与大脑皮层神经元的协同运动。音乐老师往往鼓励慢练或者变节奏练，有时是为了打破肌肉记忆，让意识与无意识互相拷问，两者同样构成多相，且能互相转化。

总之，人脑是个大怪物，复杂到难以捕捉规律，但陪伴了人类百万年，有一定可控性。记得一位脑科学家说过，对于大脑，普通人可能对其复杂性估计不足，但也会以人脑之桀骜为借口，不愿行自控之事。而对付人脑，让自己听自己的话，总像抓住自己的头发往上拽那么难。人心难测，因为单向的用力总会撞到天花板，话语往一个方向堆积到一定程度，一定开始分散，一定有阻力产生，对立面慢慢涌现，这在网上的抬杠也好，研究者的论文也好，都有体现，没有哪个方向会无限顺风顺水。

就拿古尔德来说，当年对他刻板化的种种传说，如何退隐、如何特立独行流通若干年之后，终于有人跳出来说"都是装的"。人不会只有一个维度，真相也不会那么极端，虽然思维和语言往往始于极端。古尔德自己就呈现出立体的多声部：他有些自闭，留下许多不能跟人共情的轶事，可他居然喜欢偷听陌生卡车司机休息时的谈话，说明对他人生活不失兴趣；他喜欢孤立和安静（同时又抱怨太孤独，渴望伴侣），但也并不远离现实。他是个骨子里的加拿大人，主持过加拿大电视和广播节目，对社会、经济、道德诸事都十分关心。现代乐迷只知道他的巴赫，而他曾经是那一代加拿大人引为自豪的思想者。2017 年，《北方的概念》制作五十年之际，加拿大 CBC 电台索性做了个新节目，《重访北方》，找来一些古尔德当年的熟人，采用古尔德式的多（人）声进行，但不回避音乐，大大方方把古尔德演奏的巴赫插入谈话中。北方如旧，普通人对北方的怨念、对极光的恐惧也如旧，然而五十年间，轮回并不存在。世间已无古尔德。

四

"凡事皆有定期,天下万物皆有定时。"《圣经》上是这样说的,这在农业社会里十分可信,而工业社会更多的是人造的、更精细的周期和计时。对音乐家来说,周期和节奏"具体而微",任何多声部音乐都离不开总体的协调和对准。

而《脑半球的音乐》这个书名,不仅是指多声部音乐在脑中的处理,更是指作为"音乐"本身的人脑。为此帕西克引用了脑神经科学家布扎基(György Buzsáki)的著作《大脑的节奏》(*Rhythms of the Brain*)。此人看上去确实是个有趣的脑科学家,喜欢把音乐和大脑的波形类比,所以跟帕西克很合拍。布扎基在书中说,"一个神经元简直能跟斯特拉迪瓦里小提琴媲美,不仅能响应某些频率,自身还能产生频率丰富的回响","神经元还能动态调整响应的频率,就好比音乐家在不同音符之间换了乐器一样"。

曾经,研究者认为大脑皮层的各个"模块"要连接起来才能工作,必须有个"中枢"指挥它们;并且,神经网络是由一些天然被动的组件构成的,除非必要,它们就一直懒洋洋。到了20世纪80年代后,人们认为大脑并不那么被动,更非像齿轮零件式的机械相加。虽然人类对大脑的认识远未确定,但也有些认知获得了广泛承认，比如大脑并没有一个管理中心，而是一系列神经回路互相作用的结果。它们能渐渐自我调整到一个协作的状态。协同工作的时候，它们甚至呈现出惊人的简单。而世上所有运动，都是某种"振荡"，因为绝对的匀速运动是不存在的，而是总有平衡的过程，在较小时间段内的加速减速。包括我们的任何一个动作比如站起来、站直，人脑都在寻平衡的过程中不断调节；你伸出手臂一动不动，其实手臂也在颤抖，因为大脑要不断地平衡它；你即便站直不动，身体也是充满微小摆动的，你的身体一直在抵抗重力。

对大脑的运动形态，帕西克有个惊人有趣的猜想，"波粒二相"，虽然这在科学上还远未确认。在电磁波之中，粒子本身也是波，而主流神经科学研究认为神经元（也就是神经细胞）在成簇、成组的形态下才能体现振荡，布扎基则认为，各个神经元本身就是振荡器（但其振荡方式却又不可能是经典的钟摆式），当两个频率相同的"振荡器"相遇的时候，就跟光波一样可以互相抵消或者放大，这也是帕西克所谓神经元"二相"之本。人大约有860亿个神经元，小到几微米，长到一米多，每个神经元就是大脑中和声的一个声部。他说神经元一起工作，犹如交响乐队，外界的刺激犹如指挥，但乐队也可以丢开指挥自己演奏，大脑也可以在没有刺激的情况下运行，并在恰当的时间形成所需的方向。

研究者们目前同意，大脑有分布性，但也并非如普通人想象的那样，诸多微大脑各自为政，依靠某中心来协同。每种神经活动，往往至少涉及几十个模块。而大脑的活动的一部分重要特质，也就是分组神经元的活动，就如波浪一般。不太精确，但能清晰地展示大脑皮层活动波形周期的办法，就是脑电图（EEG）。就拿听觉系统（包括耳部、神经通路和大脑的听觉中枢）来说，它能把连续的自然声音分块并且解析，这个过程是理解语言的基础。而人说话的节奏，就以大脑皮层内神经元波动的节奏为本，此外听觉神经细胞的节奏也跟听觉神经中枢神经细胞匹配。所以，大脑的处理节奏，跟说话的节奏、耳朵解析的节奏是相配的。

而大家公认，大脑皮层的神经元振荡一旦出了问题，比如神经元放电过度同步，并且不断加强，就可能引发癫痫。任何能规划节奏的神经元，抑制能力都是节奏的基础，它一旦损坏，大脑的整体功能就严重受损。而这种节奏，居然还可遗传。一般人脑电图频率可以从小于1赫兹直到多于35赫兹，就好像心跳、步行有自己的节奏，越紧张兴奋越高频。而神经元活动形成的脑电波，在任何时刻都是多个波形的叠加，就好比声波，任何一个音也是无数波形的叠加一样，即便动物在睡眠状态，不同阶段也会呈现不同的波形。而布扎基一些尚未得到普遍认可的猜测包括一向被认为无规则运动的单个大脑神经元，居然暗含一些内在节奏，且有"指挥乐队"之功，虽然谁也看不准它的节拍。并且他认为（至少对某些波段而言），节奏的形成，主要是因为抑制功能神经元的存在，也就是说，节奏不是由谁指挥出来的，而是兴奋/抑制神经元互搏出来的。当然现实可能比较复杂，许多因素共同起作用，在不同条件下产生不同的结果。在《大脑的节奏》一书最后一章中，布扎基引用哲学家费耶阿本德（Paul Feyerabend）的说法："知识从来不是一系列各自连续的理论自己凝聚成的，它是不断增加的大海中的无数波浪……每一波都尽力压迫其他，最终纳入了一个更大的框架……这个竞争的结果才形成了我们的知识的发展。"

帕西克说，布扎基的实验表明，老鼠大脑的海马区中的振荡器频率有个宽广的范围（0.02 到 600 赫兹，不连续，阶梯式），而各波段之间的频率比是接近 2.17 的无理数，它不能表示为两个整数的比值，也就注定脑电图是不可重复的，需要取决于它们当下的互动，也正像乐队成员一样，可以即时协调节奏。帕西克说，当年开普勒发现星球的轨道比例也是无理数，也不能重复。这当然没错，不过我认为这是帕西克的疏忽：开普勒的发现并非巧合或者唯一，大脑波段的频率比例更不是偶然，因为世间几乎"所有"数字都是无理数，从星球的距离、质量到声波、电波，真正的有理数只存在于想象或者圆整之中——哪根木头恰有 1.1 米长，哪辆车的速度能在任何确知的瞬间抵达正好 80 公里/小时？但凡你我能名状的数字，几乎只存在于抽象之中，无论是音乐中左右手的 1:2 比例，每分钟 80 拍，还是房间中的"三个人"——后者中的人数确实十分严谨，但若无对"人"的抽象分类化、集合化在先，又何来计数？各种想象、人造之物，往往都指向一些"确定"和"名状"。人拥有大脑，但永远无法重现一个瞬间；数学让人追寻名字，但数字首先是从天罗地网逃逸的手段。

涉及日常，人一定要将无理数变为有理，这倒不是帕西克的观点，而是我在普通生活中的经历。就拿音乐演奏来说，乐器上强调的慢练，让身体和大脑从容同步吸收多任务，就是个神奇的隐喻：大脑中复杂的波形并不能重复，但人还是自动找到一个大约的"公倍数"，让它成为一个可重现的过程，这就是所谓学习吧。跟这种愿望相反的是，美国先锋作曲家南卡罗（Conlon Nancarrow，1912—1997）那些用自动钢琴演奏的练习曲（比如 33 号），声部间的节奏比也是无理数，也就是说，没有一个公倍数能让它们再相遇，两手同时出发之后，再也不会对齐，音乐响起，有始无终。所以，万物或有定时否？细看之，周期都是自欺欺人，退后百步看，则避无可避。

神经科学界对大脑活动节奏的研究还比较少，大多都集中在睡眠周期、癫痫病或帕金森病等课题，布扎基的观点还没获得足够的实验佐证。大脑乃世上玄妙之物，但这并不意味着，我们就不敢猜测着去认知它，何况"波粒二相"是个多么诱人的想法。

多相平行，意识和身体合成了人。这是帕西克书末的话。而我深有所感的是这个寓言：多相、无理数，都指向生命的"不可能"，它终将粉碎，终将离散。万物之周期和不成周期之间永存张力；人类用自己不能重复瞬间的大脑去丈量同样不能重复的世界，却又顽强地追逐周期感、时间感，并以此求索模式，圆整乾坤。而我们居然多多少少做到了这一点，在一个不能名状的世界中不倦地开口，叫出了万物。在那些呼喊不出的时刻，人又会制造新话语去类比和备份那些不能言说的。从另一个方向看，大脑多相，故言说所不能至之处，世界多歧。

参考书目

1. Peter Pesic, *Polyphonic Minds: Music of the Hemispheres*, MIT Press (2017).

2. György Buzsáki, *Rhythms of the. Brain*, Oxford University Press (2006).

3. György Buzsáki, *The Brain from Inside Out*, Oxford

University Press (2019).

4. Susan Greenfield, *A Day in the Life of the Brain*, Penguin (2016).
5. Kevin Bazzana, *Wondrous Strange: The Life and Art of Glenn Gould*, Oxford University Press (2005).
6. Elizabeth Hay, *Late Nights on Air*, McClelland & Stewart (2007).
7. Willi Reich, Anton Webern, ed., *The Path to The New Music*, Universal Edition (1963).
8. *Return to North: The Soundscapes of Glenn Gould*, https://www.cbc.ca/radio/ideas/revisiting-glenn-gould-s-revolutionary-radio-documentary-the-idea-of-north-1.4460709CBC 2018.

音乐中的重复·重复中的音乐

一

普林斯顿大学的音乐和认知方向的教授马古利斯（Elizabeth Margulis）博士的书我都找来学习过，尤其这本《重复：音乐对思维的操纵》（*On Repeat: How Music Plays the Mind*）回答了我的很多问题。因为我一直对音乐中的"重复"好奇到死，后来发现这个问题也激发过无数爱好者和研究者的好奇心，相关主题的研究已经不少了。

话说古典音乐经典曲库被无数遍演奏，以及作曲和演奏相对分离这个事实，你喜欢还是不喜欢，它都是一个现实，有它的弊病，但也创造出独特的辉煌，背后也有一圈配套的工业、商业和叙事。重演，说不定也是古典音乐一种内在性质的体现呢？音乐在重复中跟我们发生关系，我们在记忆和回忆音乐的过程中被激发，被点亮，同时回忆起整个世界。这不是只有古典音乐才能做到，只是因为古典音乐相对的复杂，在听者跟它"发生关系"之前，障碍更多，对重复的需求更高；也因为它的复杂，给重演提供了更宽阔的空间，也就养育出一代代专家；加上其历史性，优中选优，高质量的作品肯定占多数。神一般的经典作品在前，演奏家在艰难的平衡中走钢丝，也因为见微知著、庖丁解牛，像演员一般，比别人多活了几轮前世今生，目击了种种极精极细极深的人类情感。只是某些乐器比如钢琴，却又因为常年练习的艰苦和孤独，限制了演奏家的生活。古典音乐真是故意与人为难。

而对音乐重复演奏的现状，我不觉得它仅仅是一个商业事实。本来，"重复"存在于任何面对接受者的作品之中。小说、散文、戏剧和电影都会有主题变奏的形态，"重复"是线索，也悄悄地组织结构。这种重复点到为止，稍微过分就让人生厌；可是歌剧中多多重复音乐（完全重复或者主题变奏）即便泛滥也无伤大雅。你可以从文化方面来解释：音乐跟诗歌略似，它有戏剧冲突，但冲突本身非常程式化，用语言概括起来索然无味。文字中的戏剧冲突，一旦知晓答案就不愿再重复了，所以音乐尤其是纯器乐这种有点"反叙事"意味的形式，就避开了这个问题。

从次数来说，我们可以重读一本好书，重看一个好电影，但很少无限重复，更不会重读所有的书，重看所有的电影；而音乐（甚至无关好坏）更经得起重复。从奏鸣曲中呈式部的反复、巴洛克舞曲中加花的反复到教堂赞美诗以及无数歌曲中配置不同歌词的段落，音乐中的近乎一模一样的重复在各种文化中都是常规的存在。

为什么"重复"这个过程本身跟音乐发生化学反应那么关键？听众可能因为好奇兼偷懒，把电视剧快进到最后看结局，但谁也不会把音乐快进到最后一秒去听那个"解决"。对多数听众来说，音乐的细节，尤其是一段熟悉的旋律，才是那个获得最爽快感的"痛点"。一个好奇兼偷懒的听众，不小心就陷入单曲循环，尤其在iTunes如此方便的今天，音乐家抱怨观众的惰性要杀死新音乐了。但同时，因为某些音乐轮廓不大但细节复杂（比如巴赫的赋格），其中趣味很难被记忆征服，所以听众在略微熟悉巴赫音乐的基础上，愿意无数次地重听。

录音时代，有些当代作曲家认为谱面本身不需要那么多重复，因为有了录音机。我倒觉得，吊诡地，让听者愿意再播放一遍录音并不容易，或许你的音乐里首先要包含一些重复，跟听者建立一段友善关系。前辈作曲家但凡进入经典，会享受那么一点红利：传世声誉在前，听者即便第一遍听得糊涂，可能会有动力再试，而当代作品就会吃亏。而且，因为人脑的局限性，"复杂"和"新鲜"果真不那么兼容，这也是古典音乐面对的困境之一。当你拖带着庞大的历史，倾诉着前世今生也好，当下的尖锐断面也好，听者面对的信息量和接受负担都是不可承受之重，要想吸收一个作品就需要不少时间，而我们有整个世界、整个历史可以选择。拖着不可靠的记忆力去面对世界，我们举着锤子四处征战。道高一尺魔高一丈，人总有办法弄出自己驯服不了的作品，世界早就丰富复杂得任何个体凭借肉身都消费不了，在记忆和世界的竞赛之中，记忆本来必败。而所谓"含英咀华"，正要靠重复之途，这是肉身的无奈从而被迫作弊吗？可这毕竟也是用实实在在的分秒去反复温暖它，才换来的快乐。

二

我相信音乐中重复的现象，一定有生理或者神经科学的基础，马古利斯的《重复：音乐对思维的操纵》已经解释得相当全面。听音乐，耳朵固然重要，而处理声音信息的毕竟是大脑，而且是"几乎整个"大脑——虽然听觉皮层（Auditory cortex）只占大脑皮层的一小块，但听觉系统从耳蜗开始，抵达听觉皮层的漫长路途上，好几块关键的大脑区域都参与了工作，比如深藏大脑皮质之下的基底神经节。它有许多看上去彼此不相干的功能：动作记忆，自主运动，调节平滑动作，对学习生成奖励性快感等等，如果它出现故障，人的运动就很难平滑（帕金森症病人的颤抖就与此相关），还会生成许多认知运动障碍，包括妥瑞氏综合征（Tourette's syndrome）。神经科学家萨克斯在《火星上的人类学家》中就写到一位患此病的外科医生，他常常会不由自主抽动面部兼吐出怪话，做出古怪动作。这位伟大的医生日日跟自己体内（或者说脑中）的恶龙搏斗，勇气惊人。而基底神经节居然在人对音乐的反应中也起了重要作用。体积虽然极小，但它跟大脑皮层（相关理性认知和决策）、丘脑和脑干通过神经通路相互连接，最相关的是，它能帮人把运动组织成小段（chunking），比如走路、开门等等习惯性动作，不需思索。熟练操作工、运动员都强烈依赖它的功能。

正因为它是分段专家，我们听音乐的时候，基底神经节能根据节拍把音乐解析成小段，同时把音乐中的句子编码，这样音乐中就镶嵌了许多"口诀"，渐渐容易辨认，这可能是形成倾听习惯的开始，也可能是卸掉记忆负担，能开始细品情感，甚至和音乐合成一体的开始。在形成习惯的过程中，基底神经节高度活跃，而前额叶的参与则逐渐减少，更多地处于支持性角色。有趣的是，基底神经节的分段和解析工作，跟一些音乐理论家的想法不谋而合。《调性音乐的生成性理论》（*A Generative Theory of Tonal Music*）中，把一轮重复之内的音乐结构视为一个"元事件"，不能打断，因为它是一个创造或者松弛张力的最小单位。据说申克学派特别喜欢把音乐解构到近乎几何的形状，这一点被音乐家诟病是必然的，不过对照科学上的结论，也是一个不可避免的认知方向。此外，所谓"语言终止之处，音乐响起"这句话我本来并不喜欢，因为它很片面，忽略了音乐和语言各自的复杂情况和难解难分的互动。不过如果野蛮地简化一下，也还符合科学事实：基底神经节活跃，音乐最接近"底层习惯"的时候，也是大脑前额叶不太活跃的时刻，快感来自习惯和重复操作。当然，学过音乐演奏的人都知道，音乐教师无不严厉警告学生，背奏要有理性记忆，切不可依赖动作习惯，这也符合科学：表演的时候，因为情景改变，大脑额叶开始活跃，也会打扰基底神经节的自动化，动作记忆很可能突然乱成一团。

在基底神经节的作用之外，马古利斯也提出一些其他可能的原因来讨论音乐中的重复，比如跟音乐相比，文字不需要太多重复，因为文字可以概括、可以用同义词替代，但音乐无法总结。我个人相信这可以是原因之一，但未必是最关键原因，不然何以解释诗句虽有可替代性，但人们还是千百年地吟诵"白日依山尽"呢？她还引用另一位著名音乐理论家的话，认为"文字人人都可以理解，音乐更模糊不定，故需要重复"。对此我也不同意，难理解的文字和讲话非常之多，而轻松的音乐倒是不少，难易之别并非本质。我还是更相信基底神经节与运动神经元的作用。

不管怎样,"重复"这个过程,帮人吸收学习音乐。而基底神经节的另一重要功能是奖励机制,也就是给大脑形成一个做出某种努力—获得快感的奖赏回路,尤其是对重复动作(包括上瘾)的奖赏。这倒很可能与音乐活动有关。毕竟,基底神经节不仅跟运动神经元相关,还与感知和反应节奏性动作有关。比如,虽然打击乐本身很难构成完整的音乐演出,但重复的鼓点居然可以不让人厌倦,音乐填充其间,呼吸裕如;舞厅里的音乐和舞步看似单调,但参与其间的人能享受到身体和音乐的共振,感受到奖励和愉悦。专业人士的精彩舞蹈,也很经得起重看(幸或不幸,古典芭蕾跟古典音乐一样经久重演)。当音乐重复到简单、舒服和本能的程度,它简直是在"演奏"人了(想想军乐和教堂合唱对人的操控),这正是她的书标题《重复:音乐对思维的操纵》之意。

马古利斯博士提及的基底神经节功能让我大受启发,音乐中充满了韵律和运动,而人脑中处理运动的关键所在,正是基底神经节跟运动尤其是重复运动的关系,于是音乐有了这点特殊性。可以对比的是,虽然如果有人对你反复讲一个故事,很快就会生厌,但把故事写出韵律,它就"变质"成了诗或者音乐,身体就会带动你去体验运动的快乐。语言和音乐的异同,专家们吵了无数年,各种说法都有。我想语言叙述只要不是音乐性的，就不能转化成身体律动，这也算分法之一。总之，人们要想归纳语言和音乐的分野，会发现很多合理的点。马古利斯的另一本书《极简音乐心理学》(*The Psychology of Music: A Very Short Introduction*) 中说到有人做了个实验，把一段讲话片段重复许多次，结果到后来听者已经觉得那是"音乐"了（所谓吟唱），因为诵读出了节奏感。从语言到音乐的转化，竟然可以如此简单？广告商对此游戏早已玩得不错，将简单重复的广告语编成口诀，是为"洗脑"。

总之，人脑内各种结构都承担多种功能，有些看似没什么关联的功能都跟某个"部件"相关，好像一个古老的软件，不一定最优，很多乱七八糟的代码堆在一起，越堆越乱，"串行"的时候不少，但造物主也没办法再去改了，何况它还能工作。

从结果来看，音乐的重复让人脑对音乐的感知从大脑皮层"转移"到基底神经节，去"刺激"运动神经细胞。也就是说，音乐被编码之后，也就被翻译得更"身体"、更有传染性，更动感，并且更多的是"感"而不是"知"，而不管多么智性的人，都无法抵挡这个诱惑。而从学音乐的角度，人也完全可以把这个特质用得更好。马古利斯就指出，音乐学生应大声重复老师的意图来强化学习，大部分专业院校做得太不够，西方传统音乐对身体参与的鼓励也太不够。用语言和音乐一起参与交流，本来事半功倍，可是人们往往忽视音乐和大脑的"身体性"，以为大脑就是个沉默的计算机。话说回来，关于音乐的基本交流学习，真没什么书籍讲解比大家一起大声唱出来讲出来更有效了。

我想，人脑还是复杂的，它终将超越单纯运动，产生无尽的需求。是不是一首不断重复的《小苹果》《拉德斯基进行曲》就能成为比斯特拉文斯基更永恒的音乐呢？是不是缺少重复的现代音乐，一定没有自己的空间呢？相信乐迷们都有自己的答案。上文说到身体对音乐的作用，而音乐学家查尔斯·罗森在《贝多芬是最幸运的吗？》（"Did Beethoven Have All the Luck?"）一文中写道，1780年的维也纳，也就是贝多芬的时代，当时最早的音乐家工会就不肯让舞者加入，因为舞蹈音乐不登大雅之堂。大约，自认为严肃的音乐家，倾向于反对或至少不满足过于动感、直接的音乐吧。欧洲文化中，正统音乐的位置一度超越音乐本身，成为精神生活的制高点，这难免会往反本能的方向生长，太"快"的快乐总要堵一堵才有趣。

精彩而复杂的生命，同时又能对绝对的身体传染、运动性重复如此着迷，而两者共存这个事实，更让人服膺。也怪不得音乐和自我也是个庞大的话题，我与"我"如不相爱相杀，哪堪度过余生。

三

"重复"一词，意义很广，除了神经科学的层面，它一定会向心理、文化和社会层面扩张。仅就作品而言，重复的可以是主题，可以是部分乐思，重复可以有不同间隔，有一些作品，重复短句比较好记，还有一些重复较长的结构更有帮助。这说的还是观众接受作品时所需的重复。从演奏家角度来看的重复，又有了完全不同的含义。

马古利斯引用雷坡（Bruno Repp，耶鲁大学哈斯金斯实验室教授）的一篇论文，主题就是舒曼《梦幻曲》的演奏实践，尤其看音乐家们如何根据经验和感觉处理重复，以及音乐处理的异同。他找出二十八位钢琴家的《梦幻曲》，发现只有两个遵乐谱之嘱重复了开头八小节。对剩下的二十六位，他观察他们演奏重复的乐句的相似度，结果发现阿什肯纳齐和布伦德尔重复度最高，而科尔托和施纳贝尔重复度最低。虽然实验的数据不足，但这跟乐迷的经验是一致的：录音兴盛之前，演奏家的自由度更高。而在从古到今重复度较低的演奏家中（不管是"不刻意重复"还是"刻意不重复"），只有阿格里奇一人是既当今又著名的演奏家。更神的是她可能没有体现出种种个人变化的强大逻辑，只是随意间挥洒个性而已，不一定讲得通，但还是相当完美、有光辉。这种险胜让粉丝们格外疯狂。大家都知道录音时代把演奏者的完美度逼到极致，当然也会逼得众多演奏者趋同。但在这个压力下，个性获得的奖赏也就格外突出，虽然那是残酷的完美要求之下的高品位个性。

演奏的重复毕竟不同于作品的重复。作品需要重复供人听熟，而一个录音太方便的时代，为什么大家没有对稀奇古怪的演奏趋之若鹜？事实上是，反复听熟悉的演奏，和追寻大大小小古怪处理的趋势是共存的。从演奏者的角度来看，我猜不是他们不愿意即兴地挥洒，或设计出一些新奇的处理，但对经典曲目来说，不断出新又经得起推敲的弹法，对每个人来说实在太少。别忘了古典音乐界不仅有一定的保守性、权威性，更重要的是"忠实原作"的需求和音乐处理的内在逻辑性。有录音在，挑毛病太容易，发现上下文不严密之处更容易，能扛住一点分析挑剔的演奏就不多，然后演奏家还要每次都重新发明自我，这需要的能量大概不是"不刻意相同"，而真是经过设计的"刻意不相同"。不然的话，尽管深深浸入演奏多年的大师都声称贝多芬让他们不断发现新东西，每次演出的体验都不同，但观众还是太难与之共情了。在这个交流过度的时代，人生之隔让无数音乐的细节仍然始于音乐家，终于他们自己。

一个字，难。

所以，很多演奏家是宁愿只弹现场不录音的，虽然最终拗不过这个商业事实。音乐在录音中被放大镜审视（当然也包括录音过程的细修），已经是另一维度的东西了。音乐家应该把这种静态的苛求还是现场的行云流水作为目标？见仁见智吧。顺便说一下，雷坡的研究表明，青年学生演奏经典曲目，彼此之间的相似度远超过成熟的音乐会演奏家——大约除了我所猜想的求异之难，还有各种国际比赛的技术苛求加洗脑功效。

跑题一下，阿格里奇弹斯卡拉蒂的 K141 是个神作，她在各种场合弹了无数次，有神来之笔，也有稍微乱一点的。我是她这个版本的粉丝，因为她在其中加入的重音和句子感实在太贴了。要说生命的步伐，她手下有疯狂的串音、装饰音，不管怎么随意，组织得都不失稳定，那真是钢琴体育、鲜明的调性感和人乐合一的共同体。听得我有了幻觉，好像那是一棵轻快生长的生命之树。已经八十多岁的阿格里奇，让人怎么仰慕都不过分，个人生活的磕磕绊绊都挡不住那种随意的绽放。

四

"背下来格拉斯的乐谱？不可能。"

男高音科斯坦佐（Anthony Roth Costanzo）羞涩地一笑。谁都知道格拉斯的音乐充满疯狂的重复，似乎处处耳熟能详，但对音乐家来说则是噩梦，不可能不搞混。科斯坦佐在大都会版的歌剧《阿肯那顿》（*Akhenaten*）中，跟国王的形象简直是天作之合。硕大的白日之下，弱不禁风、俊美而阴柔的国王几乎全裸，缓步走上十二级台阶。从登基到倒在血泊中，再到魂灵出现，背景一直有一列穿着"猫衣"的抛球人。大大小小的球，有节奏地上上下下，切割音乐，跟音乐形成对位。比球慢得多的，是人的行止。生死往来，皆慢而静，虽不断重复，又似乎在等人遗忘。人说格拉斯是极简主义，他自己不同意，不过我觉得这个《阿肯那顿》的凋零之相，应该是极简入骨了。

我手里拿着总谱听了一遍，紧跟那些漫溢的三度、四度，令人眩晕的六连音和执拗的六对四。音乐空疏得荒芜，但那种切分音中的焦虑和峻急，鞭打着音乐前行。而总谱上还有很多反复记号！演奏家们估计也受不了，并不总按指示做。重复到神经质的音乐，同时也最难记清楚。和音乐一起重复的，是无数个圆球的跳跃和飞翔，像浪头，也像催眠的、发呆的注视。

过去，我觉得格拉斯以及另几位极简主义大咖，利用重复来操纵人的意识，颇有作弊之嫌，不过看了几部格拉斯的谱子，感觉渐渐不同。这里的重复已经不再帮人记忆，更像一种仪式。而这重复也不是真正的重复，它埋藏了许多小小的变化，听众未必感激，它倒像演奏家的刺客。音乐像鬼魅一般捉弄着记忆，可是记忆也在捉弄音乐。

这部歌剧我重看、重听了很多次，《阿肯那顿》那种（今人之眼中的）天真和伤感仍有杀伤力。虽然我也很喜欢格拉斯的一些纯器乐，比如第二小提琴协奏曲等等，但我想格拉斯的音乐和记忆的对话，绝不是《哥德堡变奏曲》主题那种深到地心、故意让人看不见的玩法。格拉斯的电子合成器、埃及法老、巨大的红日都如此耀眼，这样的记忆要扩散到天空、身体和舞蹈之中才能生生不息。

参考文献

1. Elizabeth Hellmuth Margulis, *On Repeat: How Music Plays the Mind*, Oxford University Press (2013).
2. Hellmuth Margulis, *The Psychology of Music: A Very Short Introduction*, Oxford University Press (2018).
3. Rebecca Leydon, "Towards a Typology of Minimalist Tropes", https://www.mtosmt.org/issues/mto.02.8.4/mto.02.8.4.leydon. html.
4. Charles Rosen, *Critical Entertainments*, Harvard University Press (2001).
5. Lerdal and Jackendoff, *A Generative Theory of Tonal Music*, MIT Press (1985).

音乐、气场和『系统1』

一

最早所谓"想象的共同体"的说法，大约是关于民族主义之类政治概念。不过我一直觉得，任何一个艺术作品，一本较著名的书，一首曲子，一幅画，甚至一个持久存在的广场或者雕塑，都会在世界上构建一个"想象的共同体"。因为它们都有持续的受众，尤其是在语言、叙事中进进出出，被各种新闻、笔记洗礼过，担当过许多故事的背景，创造出了一群"听说过它们的人"。

我想，音乐会现场的听众，也是这样一个共同体。

经过新冠期间两年左右的艺术大萧条后，加拿大各类音乐会突然多如雨后蘑菇，我自己则充满甜蜜的烦恼，面对密布的演出信息陷入选择焦虑。也因为各式各样的音乐会空前密集，各种人群交集增加，不同经验就纷至沓来，不易忘却。比如有些场演出，居然有了乐章之间乱鼓掌的人。若干年前，我在北美几乎从未见过这种现象，也几乎没有音乐会上的不安静。

乐章之间的掌声，我个人不喜欢，但感觉也有点复杂。某些心胸宽阔的朋友,说乱鼓掌不是坏事,很多人可能是第一次来听,这不是音乐人群扩大的象征吗?我没那么乐观,不过扪心自问,掌声虽然惹人嫌,倒还不至于是洪水猛兽,但那种周围人都不懂音乐会传统的印象(往往也就是不懂音乐的印象),破坏了这个"共同体"的想象,这种不和谐的感受十分刺心。虽然我去音乐会都是自己默默听,有时候忙着翻乐谱,根本不关注周围的人,但现场气氛不可能不影响到我。有时候,演出现场效果非我所喜,但现场的热烈反应让我小小吃惊,也受点感染。而我原本就十分喜欢的演出,则在他人的烘托和强化下更释放也更感动(自己)。演出后的全体起立鼓掌,是仪式也是礼物,让人的感受有处安放,让热情化为相信。

二

我一向喜欢观察运动员,觉得跟舞台上的音乐家相似之处很多。运动场上或者表演舞台上,人处在一种"热"(hectic)的状态,太深的思考做不了,但情绪上的刺激可以引发身体这个系统的变化。比如,你以为身经百战的世界冠军们会没听过球迷"加油"?会没听过教练说,"努力,别泄气","别紧张,没问题"?事实上,这些老生常谈对电视观众是废话,但对场上的人就还真管用。同理，舞台上的表演艺术家也处在"运动员"状态，乐队指挥对团员做出某种特别的刺激（手势，表情），真就能引发音乐的变化。而台下的掌声，仍然能刺激到资深艺术家。处在"热"状态的人，自成一个奇妙的系统，就拿乒乓球来说，每当教练在暂停的时候对选手说，"放慢""控制节奏"这样的话，我都觉得十分精彩和奇妙，这往往就是呼吸的节奏，动作的节奏，甚至包括跑去捡球的节奏，教练观察球员的动作，自然知道他处在哪种状态。教练成功的语言激励，犹如点穴。

人们之所以去现场，无论是球赛、演出还是什么竞选演说，大多是着迷现场那个气场。气场到底是什么？它真实存在吗？是某个空间里破碎的声响、气味、环绕自己的空间感，还是人头攒动之下互相传染的群体认同？现场球迷的大哭大笑，如果在家看电视恐怕不会发生，因为各种情绪要经过身边人的镜像和放大才能表达透彻。气场之外，"士气""人气"亦然。人是一种生物，"很多人"又是另一种，个体在"很多人"中淹没，但"很多人"迸发出另一种力量：生机、热情和暴力。至于"气"的参数，则可以讨论。细分"很多人"，两百人和几千人大约有明显差别，几万人和一亿人可能就没那么大差别。科幻大师阿西莫夫的《银河帝国》里，这一点特别震撼：人类数量还是太少了，如果多到几百亿，我们这个社会就是另一种样子，此为题外话。

关于"场"，最近我读的《思考，快与慢》一书，多多少少回答了这个问题，虽然它的重点不在于人群行为学和心理学。但它展开讲述的"系统1""系统2"这些概念，对我感兴趣的音乐表达、人群反应的思索极有启发。

在心理学家卡尼曼这里，系统1是指一些较自发、不用多想的精神活动，而系统2是需要集中精神进行计算或选择的活动。

系统1包括（仅选几个例子）：
· 辨析两个物体哪个更近
· 找出声音的源头
· 计算2+2
· 辨别声音中有无敌意
· 理解简单句子

而系统2包括：
· 在马戏团表演中关注小丑
· 在记忆中搜寻一个熟悉的声音
· 在一个句子中数出字母a的频率
· 计算 17×24

真正有趣的是系统1，因为它无所不在，但我们可能忽视。让我来举一些类似的例子，关于系统1的判断，仅限于社交类：

·小朋友去上学，感觉同学们看不起他，虽然没说什么。因为小朋友说话有乡下口音。

·别人恭维我今天头发格外好看，虽然我细想觉得不是真的，但当时仍然十分欣喜，因为这种迅速的反应无法抗拒。

·某人到了一个新环境，感觉同事们很不友好（事实上没有人做任何坏事，也没有骂人）

·政治家现场演讲的煽动（只看录像的人，觉得很蠢；现场的人则疯狂跳脚欢呼）

·开会的时候，某人想说什么，但大家都看出来他欲言又止。

这些例子仅仅是系统 1 的一小部分，但可以说明人不需细细思索计算，就能从表情、声调等等因素中捕捉气氛，也能判断出社交中的动态"XX 不喜欢我"。其他的社会性例子还包括种族／城乡／性别歧视（因为表面的印象不自主地误判）和社交礼貌微笑或者一句温和的"你好"，貌似肤浅，但仍能深刻影响情绪，所以陌生人之间的礼貌和尊重并非可有可无。

两个系统之说，并无科学定义，卡尼曼用"较少的努力和较直接的反应，并且很难抗拒"（差不多也就是所谓"下意识"）来定义第一类，已经很严密了。但如果说到，哪个脑区负责系统 1？肯定得不到好的答案，因为它在调动全脑，既不愚蠢也不简单，而且没法像开关一样关掉，所以种种一眼之内形成的社会偏见极难克服，需要有意识的努力。

系统 2 则负责复杂、较专注的思考和自我批评，它经过工作，可能推翻或者批准系统 1 的认知；但它很懒，而且任何学习、记忆和思考过程都要消耗大量葡萄糖，所以它非必要不活跃，进化过程中，生物体都尽量节省能量，能懒则懒，即便在需求很多的人类这里，也是只有"不得不"才努力思索。

人类大脑的不理性（也就是被系统 1 主导），是卡尼曼的主要主题，贯穿他的几本书。除了《思考》，后来的《噪音》（*Noise*）一书，更是关于误判、误信、错觉的分析，包括专家的认知陷阱。仅就音乐而言，大家都知道，音乐大师对同行的反应，未必也都出于理性，不然国际音乐比赛就不会有那么多争议了。专业经验让他们的系统 1 跟我们略有不同，但他们也一定有直接的反应，尤其是那种压倒一切、格外自信的感受，所以比赛评委也有严重误判，资深教师、教练的预测也常遭打脸。

卡尼曼举出一些系统 1 的特性，除了"只关注已存在的证据，忽略可能未知的证据"这种网络争论中极常见的现象之外，其中有几点特别有趣：

·夸大一致性（光环效应）

·为联想记忆中出现的几个想法创造出一个完整叙事

我举出的第一点,常表现在某方面有趣(颜值高或者有故事)的人,往往显得其他方面也更好。即便在相对客观的古典音乐界,著名音乐家来演奏,观众会更聚精会神,吸收到更多东西;作曲家、演奏者的人生故事会参与音乐叙事,影响听者对音乐的判断。而对第二点,网络词汇中有的是"脑补"这类说法,所以相信读者都能举出自己的例子。两者其实相关,都出于人的"讲故事"愿望,想把已知的较少事实,串出一个自己愿意相信的圆满。

人脑的这些毛病闹出的笑话自古有之。比如普鲁斯特的《追寻逝去的时光》中,就有当时著名的德雷福斯冤案对朋友圈的分裂(这个官司长达十余年,原本简单的事件在历史中越卷越复杂,越来越难澄清),所以种种传播极广、已经深深嵌入大量人群和叙事的谣言,原来根本不新鲜,类似的上下文和条件,在历史上复现过无数次,只是历史上反转和辟谣较慢而已。但在本书之上,我想斗胆补充一点:不理性、误信和误判是双刃剑,人的艺术感受、快感、美感等等,多多少少来自于此,甚至可以说,这种人脑能力的局限,包括懒惰、轻信、情绪化、短期记忆对当下判断的操纵,就是艺术的一部分基础。而我觉得普鲁斯特自己,就是个"脑补大师"，也是把社交之中的系统 1 观测透彻、并把系统 1 和系统 2 的互相转化玩到变态的大师。在他这里，音乐、绘画、表演、教堂、火车站这些情景的渗透，就是巨著灵魂的一部分，普通人系统 1 的快闪般运作，在他这里变形、放大，凝固成一个个雕塑。

不管普鲁斯特笔下的富人们如何附庸风雅，这些情景至少说明了一个事实：系统 1 深刻参与社交，帮助人们创建一个音乐会共同体、参观画展共同体，对艺术而言，这样的无形社区是生存之本。但凡走向衰落的艺术，首先是这个共同体受到威胁，如果放在古典音乐上可能就是，大家很难凑在一起玩室内乐了（更有甚者，操习古典音乐深深损害了人正常社交的机会）。当然，经典艺术在历史上让人反复研究分析，多少会中和社交或者个体直观经验的影响，但也并不完全消失，因为即便反复观看，人可能还是会注入新的幻觉和记忆，艺术体验仍然和记忆，和人捆绑在一起。

普鲁斯特放纵和放大自己的系统 1，从来不脸红，各种瞬间印象被他理直气壮地定格成连篇累牍的陈述，一件衣服，一个握手的姿势都会被分析透彻，系统 1 早已在系统 2 这里获得合理化。他也会着迷一些人的姓名，动辄展开两页；某人名字的发音和颜色的联系，又可以好几页。这一点，我们也都实践过，语言可以不精确，也可以充满联想和发散，章回小说、民间传说，换一个上下文就是"网络谣言"。诗歌呢，语词的外延都由联想而生，而它刚刚生发的时候，并没有足够逻辑的佐证，只有妄人才能接受它。然而在语言中，哪怕跟科学相近的词语，都充满隐喻和意义的跃迁，从"对酒当歌，人生几何"到几何学中的"几何"，这个跳跃体现人脑之"错"，但也是些微奇迹；从作为"物质运动转换的量度"的绝对数值"能量"，到特指个人主观能动性的"精神能量"（甚至还妄加一个"正"字），是误读也是生活体验下的替换和拉伸。语词被近似地替换几次，可能面目皆非，也可能更抽象、更丰富。

三

在科学读物中阅读人脑胚胎的发育过程和人脑的结构，我会窃笑不已，人脑这个设计啊，太搞了！全无章法和效率，就像一款糟糕过时的老软件，全靠凑合，有问题现想办法。它能把有用的东西都塞入这个有限的空间，已经很棒，此外还能运转，就更了不起。所以，人脑无论从物理形态还是运行的功能来说，绝对不是来自一个上帝或者天才的精准设计，而是在漫长的进化中挣扎出来的一款烂软件，但也没有更好的办法。确切地说，或可优化个体，但作为共同体的人类拥有漫长的历史和深厚的文化，惯性极强。你改得了自己，改得了别人吗？就连软件，也依赖于整个工业的环境呢。

那么上面说了，因为系统2的特性：专注、深度思考、自我克制，它对人脑消耗较大，故经常缺席，所以人会陷入海量的误判之中。如果你的目的是做出投资决策、投票给候选人、计算较复杂问题，绝不能让系统1来主导；但人脑对熟悉事物的亲近和喜爱，不仅仅是生物演化的结果，也是进步和变化的基础。卡尼曼有一章专门谈认知上的放松（cognitive ease），举出几种在人类生活中可以称为"熟悉"的情况，如下图。作者也说过，好心情、创造力、容易轻信和系统1的主导性，往往同时出现，也就是说，有人容易轻信，但也可能表现为直觉强、有创造力、精神愉快（所谓一时兴起）。这种放松可以是轻信的原因，也可以是轻信的结果。

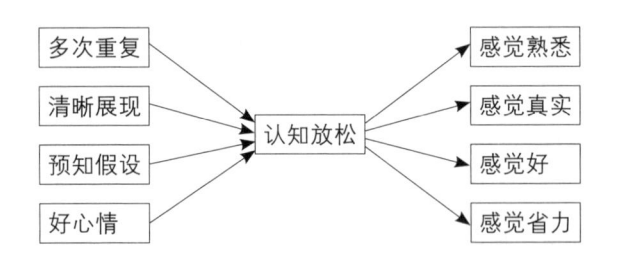

```
多次重复 ┐                    ┌ 感觉熟悉
清晰展现 │                    │ 感觉真实
         ├──→ 认知放松 ──→    ┤
预知假设 │                    │ 感觉好
好心情   ┘                    └ 感觉省力
```

之后卡尼曼又谈到一些错觉："自以为"记得，"自以为了解"。我恍然大悟，怪不得我们即使没读过莎士比亚，也理直气壮地说他很过气；贝多芬同理，在没听过或者只熟悉几秒钟的旋律的情况下仍然感觉他"过时了",这时如果你调动系统2认真辨析,可能会告诉自己"这些作品对自己都是新鲜的",但系统1糊里糊涂但又不可抗拒地告诉你:太熟,土得掉渣。又比如,近年来我一场完整的篮球赛都没看,只见过网上几个镜头一闪而过,但认为自己"知道篮球怎么回事",甚至觉得自己"看腻了"。缤纷万物难以取舍,我们靠着系统1的哄骗过完一生,只有少数自以为值得的事情,才肯投资较多的葡萄糖,去格物致知。

四

系统1还有个特点:对巅峰和结束印象最深。

卡尼曼在《人生如戏》一章中也说到,看了很多次歌剧《茶花女》,每次仍然觉得最后十分钟对女主角至关重要,为什么?她之前的生命不重要吗?而在我们观众眼里,患绝症的人多活一年或者少活一年没那么要紧,偏偏那几分钟最要紧,因为这几分钟就造成一个不同的人生,我们也会读到一个不同的故事。这些判断都建立在我们的系统1的需求之上:靠巨大的,短时间内的对比来完成体验。我看歌剧不算多,印象的确如此:主人公的人生往往在草草的叙述中度过,比背景还模糊,只有几个戏剧场景中,咏叹调没完没了,一个小时的生命对应二十分钟舞台时间，余则全部忽略。大约歌剧的形式，加上大明星炫技的需求，必须无限夸大可以大唱特唱的段落。

而故事要有高潮，要有记得住的结尾，这在任何跟叙事有关的艺术中都是老生常谈，连纯粹的器乐曲也会模拟这个叙述弧线。卡尼曼说，人有两部分，"经历中的自己"和"记忆中的自己"。我想大胆延伸一下，所有的经历都来自讲述，所有的想法都是一种叙事，"自我意识"就存在于讲述之中。

所以，从《奥德赛》到《西游记》，再到情节剧，都不乏这样的例子，互相拉黑的朋友，在主人公去世前几分钟，会出现和解吗？伤痕累累，众叛亲离的英雄会活到战争的结束吗？这些事件，都是导演最着力的地方。算算每人一生中的悲喜，加加减减算不完，为什么某些时刻更为重要？为什么运动员在领奖台上喜极而泣的瞬间，都很顺利地说服自己过去十年的痛苦很值得？在这一点上，艺术和人生互相模仿，因为人生也会讲述别人的人生。人们津津乐道名人离婚，但忘记人家已经在一起度过几十年，婚姻已经比离婚后的人生还长；也有人年轻时快活半生，但在故事中成为"老来潦倒"的主人公。我们都熟悉这个句式，"XX一生，到老则YY"，好像生命接近终点的地方才是人生的定义，甚至不仅旁观者，当事人很可能也这样总结自己。历史的书写也是如此，和平、少变化的长时期获得的笔墨往往少于剧烈变化的短时期，因为我们的记忆容易忽略时长，但容易记忆结尾和巅峰——虽然也有"XX在于过程"这种说法，但过程一旦化为叙事，往往由"事件"串起来。所以，度假村都是按给人创造新奇巅峰体验、储存有趣记忆来设计的。卡尼曼说，很多人都相信，如果自己将来失去记忆，现在的度假就毫无意义，同理，假设自己会失忆，当下的痛苦也不再那么痛。

五

| A13C | ANN APPROACHED THE BANK. | 121314 |

关于错觉，卡尼曼举了上面的例子：虽然三个框中的B都有一定模糊性，可读成13，但左框绝大多数人都读成B，右框绝大多数人读成121314，虽然两个B完全相同。我读到这里吃了一惊，我的天，多少艺术手段都建立在用上下文来玩弄意识和记忆的"错误"（fallacy）之上啊！

我自己弹琴，老师会说这个句子要这样呼吸，因为之前类似的段落就是这样的，要保持一致；也有时候因为某些缘故，要故意做出改变，跟前面形成对比。这些音乐处理的前提,都是我们有共同的记忆、想象和幻觉。音乐形式中的曲式、配器、和声规律,无不如此,有时甚至能跨越文化。

是不是可以这样看,设计音乐处理的演奏家、指挥家往往是出于系统2的考虑,但听音乐的人,往往处于系统1状态,负责"被打动"。

就拿"对比"这个手段来说,它几乎存在于所有跟时序相关的艺术中(甚至包括空间顺序),典型的是音乐。假如需要加强两小节,演奏者往往故意把这之前的一小节做得弱一些,以求效果更佳。即便在强音较多的长段落,演奏家一定找机会偷偷弱一下。而强弱,还不一定真用声音的物理性强弱来体现,它可以用微微休止、断开来造成强调感。这里的假设是,听者的短期记忆能够持续至少三四小节,并能不需努力地辨识出来;听者的短期记忆没有持续到全曲。这个假设针对的是演奏家想象中的"公众",调动系统1恰好能达到效果。而如果听者是古尔德那样的记忆天才或者是熟读乐谱的人,有些小手段可能没那么有效(所以我们对熟悉的作品,有时候不喜欢太廉价的处理,称为庸俗);也可以这样说,如果我非常熟悉一段音乐,到了经过系统2的思考的状态,那么它已经改写了我的系统1,所以我的下意识和熟悉之前已经不同。

而如果听者完全没有音乐经验,或者对这个作品整个"蒙圈",根本没听出这个强弱对比在上下文中的作用,手段同样无效。

这些基本的手段貌似简单,依靠的正是人的下意识和习惯认知,若听众无此误读或者错觉,或者说这样一个系统1的共同体,艺术就会成为无源之水。当然,人群的误读并不那么均一,所以艺术家也并不总能获得自己想要的效果。

六

卡尼曼是一位心理学家,却获得了诺贝尔经济学奖。经济、金融、政治决策,大约是直接和人脑的错觉有关,也直接和群体行为有关;但我期待有人会条分缕析地,从艺术语言和心理学、神经科学的互动,来写新的接受史。著名艺术史家贡布里希的《艺术与错觉》就是一个极好的例子,而他的另一本《规范与形式》依我看也和错觉相关。规范一词看上去死板,实则掩藏了大量系统1的机密,这是我的大胆猜测,并且我以为,音乐的种种传统法则中,曲式最能体现记忆和声响的互动,故音乐史家完全可以写这样一本音乐中的《规范与形式》,去解读节奏、音色、曲式之间互动的心理和生理基础。

总之不管哪类艺术,只要它的复杂度足够进入历史和叙事,一定充斥着这两种系统的缠斗与合作,哪怕在个体上合作得并不顺畅。但终归,有了系统1,我们有直接的反应,能承接和享受快乐,而且因为它的不可抗拒,追求快乐永远是人类社会的驱动力之一;系统2让我们去设计和创造快乐,去经历较长的努力,所以我们有了复杂不和谐音乐、不自然的色彩、晦涩的叙事。人追逐快乐,但快乐在复杂文明中呈现出多样性,它可以分为"快的快乐"和"慢的快乐","快乐到底的快乐"和"混合不快乐的快乐"。就拿音乐演奏来说,虽然音乐家尽量引诱、满足听者的系统1,但可能也不放过你我的系统2,音乐家甚至期待这样一场智性的对话。比如赋格曲这个东西,主题遍布全曲,它的严密形式和微妙变化超越了一般的短期记忆范围,听者的系统1往往抓不住它,对多个声部更不能一下子做出准确反应。又如巴赫的《哥德堡变奏曲》,所谓变奏,其实极难辨识,种种手法都得仔细阅读才能看清。在规模较大或者结构细致的作品中,音乐家不肯迁就听者,而是努力追逐自己想要的东西,那些必须经过系统2、消耗大量葡萄糖才能发现的东西。结果可能是音乐不易听,不好卖,但这样的音乐还就存在了,经久不衰,类似的文化产品数不胜数——开个玩笑,人类既能耕作,世上的葡萄糖存量不断增加,可供无数大脑制造艰难的精神产品去燃烧。

而作家之心对系统 1 和系统 2 的贪婪征用，更是满坑满谷。英国《卫报》上曾刊登澳洲作家米勒（Patti Miller）评论《追寻逝去的时光》的文章，我读到真是醍醐灌顶。她说对普鲁斯特这段特别有感（这是著名的小玛德莱蛋糕出现之后）："……这很像日本人玩的一个游戏，他们把一些折好的小纸片，浸在盛满清水的瓷碗里，这些形状差不多的小纸片，在往下沉的当口，纷纷伸展开来，显出轮廓，展示色彩，变幻不定，或为花，或为房屋，或为人物，而神态各异，惟妙惟肖，现在也是这样，我们的花园和斯万先生的苗圃里的所有花卉，还有维沃纳河里的睡莲，乡间本分的村民和他们的小屋，教堂，整个贡布雷和它周围的景色，一切的一切，形态缤纷，具体而微，大街小巷和花园，全都从我的茶杯里浮现了出来。"米勒接着说："每次我读到这句，都会瞬间感到那种创造力一下子弹跃出来、种子突然迸裂，胚胎中的心脏开始了第一跳的力量，那种不可抗拒的谦卑和新事物的恐怖感都轰然现形。"

普鲁斯特这样的句子实在俯拾皆是，不过它的确是个不错的例子，充满系统 1 和系统 2 的美妙追逐，米勒捕捉住这一点，让我颇为共鸣。而我认为"这些形状差不多的小纸片，在往下沉的当口，纷纷伸展开来，显出轮廓"这一句，就来自快闪的妄念和穿越，也正是系统 1 的灵光乍现。所以米勒的标题我非常认同："天啊，充满巨大弱点和可怕缺陷的人类,怎么居然能创造?"

参考文献

1. https://www.theguardian.com/books/2022/nov/12/reading-proust-aloud-how-can-it-be-that-deeply-flawed-and-terrible-humans-have-the-capacity-to-create.
2. Daniel Kahneman, *Thinking, Fast and Slow*, Penguin Books (2011).
3. Cass R. Sunstein, Daniel Kahneman, and Olivier Sibony, *Noise: A Flaw in Human Judgment*, Harper Collins (2021).
4. 《追寻逝去的时光》,马塞尔·普鲁斯特著,周克希译,华东师范大学出版社。

音乐：看与听

一

多年以前，我曾经写过"钢琴家的手"之类的小文，因为演奏家的手的动态和身体姿态，对我来说至今仍是个迷人的话题。我也有自己偏好的类型，比如那种（看上去）微妙但合理的动作，全部能量贯注到音乐之中，不浪费点滴，音乐之动和人身之稳，是艺术也是科学，令人叹为观止。不过我也认为，动作和音乐表达即便有关，也并非唯一。比如钢琴家瓦洛多斯（Arcadi Volodos），我本来喜欢他弹琴和触键的形态，但他身体后仰的习惯确实让我有点困惑。而郎朗的演奏形态肯定不属于我喜欢的一类，但这绝不意味着我不能喜欢他的演奏。至少在他发挥较好的时候，我觉得真正的大师也就是这样。

任何一个常听现场音乐会的人，哪怕只是一个常看网上视频的人，都会被演奏家的动作和形象影响。人体本身就很复杂，而结合人生经验的，对人体动态的判断，更不是非黑即白。音乐家可能并不鼓励观众受视觉的影响，比如我在不同场合听好几位资深音乐家都说希望观众能"闭上眼睛"，只听音响。可是音乐会存在这几百年，视觉对观众的影响从未消失，今后更不会，因为图像处理越来越容易了，"饥渴"的视觉必须被满足。在这个视频极易获得的世界，你说媒体提供了更好服务，或者更好地操纵了人脑的弱点，都可以。钢琴家古尔德曾经有个著名的观点，音乐会这种形式必将消失，因为技术越来越好的录音会取代一切。讽刺的是，录音技术的不断进步，让大家却能看到更多，并且越来越喜欢看视频包括现场直播了，而现场直播虽然不等同现场，关键点却很相似，不容重来，有形象干扰。音乐家们讨厌"看"对人的影响，但他们的音乐世界毕竟跟普通人不同：他们听音乐，往往自动开始分析和判断音乐，而普通人则在音乐中寻求世界和个人生活的回响。音乐表演终究是寻求人与人之间的联结，音乐之中的人体之动、手之动，本来也联结着心动。

二

语言学中有一个有趣的实验，让观众看某人读 ba-ba-ba 和 ta-ta-ta，结果读音的人明明在读 ta-ta-ta，但在字幕提示下以为是 ba-ba-ba 的观众，听到的也是 ba-ba-ba。要命的是，我母语是中文，对辅音的分辨力应该很强了，然而每次我试验，尽管知道答案，仍会被迷惑。

既如此说，我们听音乐会的时候，如果看到钢琴家用力击键，哪怕效果并不响，我们会不会也先入为主地给自己一个暗示：强音来了？会。甚至还不是暗示，而是真切地听到了"强"。演奏一个长音，同时播放一个短音的音频，听者也会认为那是长音。面部表情丰富、动用全身去按一个键，也会让声音"听起来"饱含深情。揉弦更不用说了，揉的动作常常让人"听"到揉的效果。这样的例子太多。美国音乐心理学家马古利斯在《极简音乐心理学》一书中，就提到表演者其实很会用形体动作来引导观众。更为尴尬的是，她引用的研究结果显示，在演奏比赛中，很多人看默音的录像就正确地预测了演奏比赛的胜利者，然而光听没有形象的音频却常常预测错了！我猜，这大概能说明，评委也是被视觉形象所左右的，除非他们闭上眼睛评判（然而如今的比赛，人并不在帘后，评委重听的机会可能也不多）。即便评委能做到这点，又有多少观众愿意全程闭上眼睛倾听呢？事实上，"看"演奏对理解音乐有没有用？见仁见智。许多人听钢琴独奏会，非要买音乐厅舞台左侧的票以求看手，我觉得莫名其妙，乐得买音效更好的右侧，但我也承认确实看不见音乐家的动作，虽然人在同一空间，"存在感"上却有点脱节。所以说音乐家现身舞台，跟观众这种现场的情感联系也并非不重要。"看音乐"，好比索要音乐家的一种亲笔签名，那是他们存在的证明，也是人心的需求。从市场角度来说，但凡十分吸引关注、粉丝众多的表演，典型如歌唱，都是表演者直面观众，面部表情呈现十分清晰的类型。一句话，观众需要一个真实的人形来存放情绪，也需要有一种表演者跟人对话的幻觉。当然还有一个原因，人对人脸有特殊的辨别力和磁性，这也是大脑在进化中给我们的另一个硬性设定。

视觉对音乐的影响，并不仅仅在于观众看看演奏家的样子，它在乐器制造和演奏中一样根深蒂固。我最近在莱比锡的乐器博物馆参观，展品以弦乐、键盘乐的欧洲乐器为多，可以说洋洋大观，而且在制造上花样频出，调律方式甚至音阶的组成都千奇百怪，但键盘的排布也好，琴弦上的音高也好，都是顺序从低到高，可见大家自然地认为，视觉和听觉感受统一为佳，音乐家上手才能舒舒服服。不过，至少两百多年来，很多人试过在键盘上打乱这个的 do-re-mi-fa……的排列，让和谐度最高的音比如 do-sol 相邻，以求演奏和声的方便。其中较有名的新新乐器，阵列姆比拉（Array mbira），键盘排列的基本原则是这样的：以 C 大调为例，fa（紫）和 sol（红）相邻，do（绿）在两者中间，这样最常见的 do-fa do-sol 组合都保持近距离，可以个指演奏。八度之间有黑色间隔，如图：

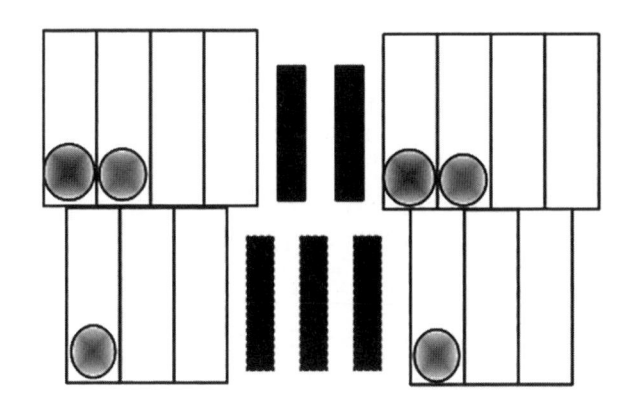

这种乐器当然也非横空出世，它的键盘布局背后也有百多年的历史。它的发明者韦斯利（Bill Wesley）造出过很多种乐器，不断探索，是个思考者。他的社交媒体账号上交替出现着奇思妙想和愤世嫉俗，这个既自由又极商业的世界让他玩得很高兴也很生气。

　　总之，新乐器的粉丝不少，但并未火爆起来。不过这个有趣的思路，让我思考良久。话说按人耳处理声音的原理，从物理性、生物性来说正是沿着音高的顺序排列，大脑似乎也这样"内定"了这种排法。假如打乱这个排列，那么装饰音的概念也要完全改变：目前是演奏者"顺手"围绕着一个主音弹一些相邻而不和谐的音，除了延长声音，也能增加一些佐料和刺激，那么假如相邻可以和谐，我们会有什么样的装饰音？对此我还想象不出，那似乎是另一个音乐宇宙了。

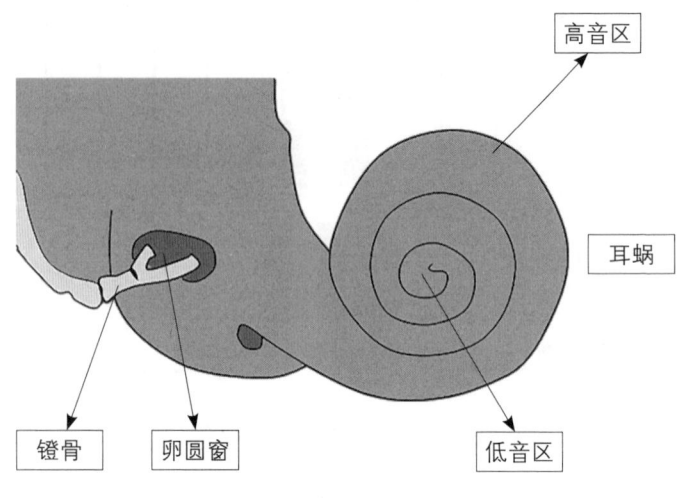

图 1

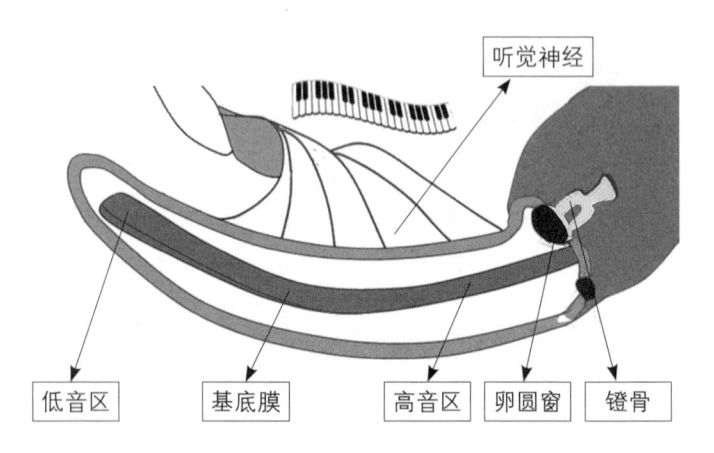

图 2

注：卵圆窗（oval window）是声波入口；镫骨（stapes）是听小骨的一部分，它贴在卵圆窗上，将声波震动由此处传送至内耳。

而人之"听",到底经历了什么?我们就从耳蜗这里开始,讲到大脑皮层为止吧。图1和图2都是极简模型,显示的是不同视角下的蜗管和蜗管上不同部位处理的不同音高。

耳蜗是内耳的一部分,真实的它是内耳结构中卷成蜗牛壳的样子,如图1。如果"撸"直了(图2),可以清晰看到,蜗管中间的通道,基底膜(basilar membrane),靠近卵圆窗一端较紧并且窄,另一端松弛并宽一些(可以类比女孩梳的马尾巴)。紧并细的一端,只有高频率声音能让它共振,所以低频率声音都被"挤"到宽并且松的一端。而基底膜上排列着毛细胞(图中未显示),在声波的振动中摇摆,让近处的离子通道在开闭中形成电流。电流经过听觉神经传到大脑皮质,大脑是最终理解声音意义的地方。也就是说,声波的机械运动在耳蜗中被转换成电流,才开始了"听"之旅,而这一路上,声音信号在其中被选择、被放大。相比视觉、嗅觉的路径,听觉路径要多几步,比如要经过脑干和中脑。就拿视觉路径来说,信息从接受器(视网膜)经视觉神经直接传到丘脑(thalamus)这个"分拣站"就开始分配。而听觉路径到达丘脑之前已经把声音筛选了好几次,还有了选择性的放大。

从图2还可以看出来,蜗管上不同位置对应从低到高的音区,能形成一个位置拓扑图,而且跟一般的键盘设计相吻合，也就是说，根据蜗管上摆动的毛细胞的相对位置（也就是被激活的神经元的相对位置）能推断出声音频率！这是不是意味着相对音高自带位置感，也就是说，人脑中本能映出声音从低到高的图像呢？我还没见过这个实验结论，所以只能猜猜。不仅如此，从分类的角度，声音的处理过程可以分为大脑皮质（cortex）和皮质下（subcortex，从耳蜗神经核，听觉神经，脑干、中脑一直到丘脑，有好几个环节）。大脑皮质负责理解声音，而皮质下主要处理声音，尤其是高频声音。为什么是高频？因为听觉神经传导从听觉神经至大脑，神经元的传递速度（注意这个速度不是声音频率）是在降低的，跟耳蜗直接相连的听觉神经这里保持着最高的传递速度，所以是"时间专家"，对高频声音以及声音的时间性极敏感。听觉路径中的这一段，也擅长处理跟时间感相关的信息，比如声音传来，脑干（听觉路径中皮质下路径的一部分）会通过时间差解析声源在左边还是右边。

以上说的是从耳到脑的方向。而声音的处理中更有趣的是，我们听见的（或者说认为自己听见）声音，不仅是从耳到脑，同时还受到"从脑到耳"这个同一回路中相反方向神经传导的影响。一个简单而惊人的现象是，大脑可以"产生"声音，并把振动传到耳朵！耳鸣是一个例子，还有医生检查婴儿耳蜗功能的做法：利用耳声发射（OAE，otoacoustic emissions），一个简单的小小仪器能测到宝宝耳中传出的声波。

下图显示了声音处理的双向路径中的主要步骤，箭头表示声音在脑耳之间的传导。注意从脑到耳的传播中（图中较粗的标识），而大脑中除了听觉皮层，运动皮层对之也有影响（图中仅显示听觉皮层）。

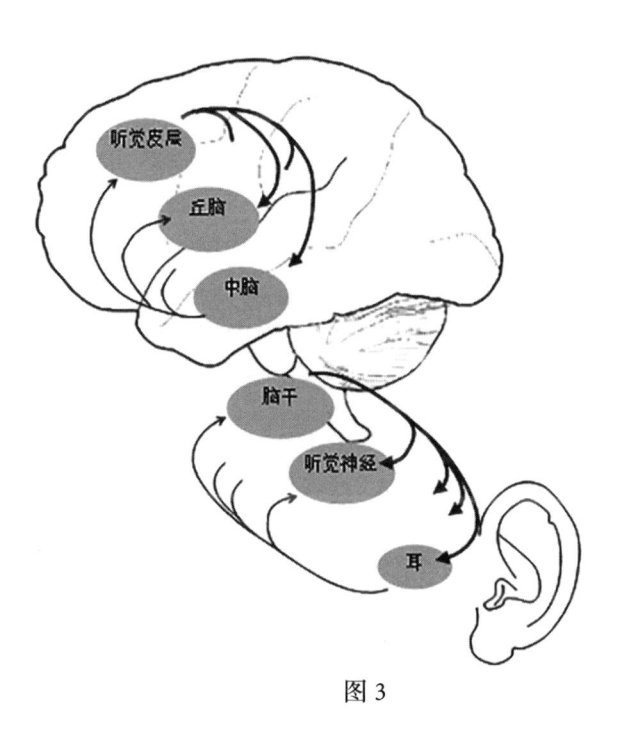

图 3

任何时候的"听"，大脑的运动皮层、奖励中心都常常参与进来。这个过程中，耳蜗中的毛细胞能放大

音乐：看与听

"重要"的声音，剔除"不重要"的声音，还有一定抗噪能力。不仅如此，这个"脑影响耳"的过程还接受了个人生活经历、运动状态等等多种参数的输入。也就是说，"从耳到脑"的声音，被"从脑到耳"的反馈编辑了一下，这个路径其实是个回路。所以，听觉真的不仅是听觉，而是一个多感官合作的智性活动，可以说整个人过去的生活经验都参与了"听见什么"。看来，"听"是个充满小聪明的行为，也极不可靠，因为它远非一个精准、机械的过程，极易受干扰。当然，如果你愿意在不同场合下反复看一个视频，包括闭上眼睛听，确实能消除一些"视觉偏见"。

眼睛是心灵的窗口，不错，而它也是耳朵的窗口。

我自己的另一种经验是，看演奏家演奏，对我判断和记忆音乐本身并无帮助，形象倒更是一种干扰，但另一种"看"，对复杂陌生的音乐读谱跟倾听同时进行，倒对吸收音乐颇有帮助，一切都变得容易跟随、记忆，而且原本糟糕的音响也可能在脑中澄清很多，因为视觉带领形成的预测和期待都有助澄清音乐结构，其中跟预测不符的"大吃一惊"也让作品中的"出其不意"更容易被铭记。本来闭着眼睛听，声音也经过复杂的大脑皮层处理，但如果自己的音乐能力跟不上复杂的音乐，其他感官帮忙分担一些任务，总体听觉效果就更好，也就是说增加了工作记忆的能力，对音乐关注得更全面。

听觉信息从脑到耳的传导，还是相对较新的研究。美国神经科学家、西北大学的克劳斯（Nina Kraus）教授最近出了本新书《声之脑》（*Of Sound Mind*），对我真如醍醐灌顶。克劳斯教授本人在演奏古典音乐的家庭中长大，自己是个认真的音乐爱好者（也把三个娃缔造成音乐爱好者），能唱会弹，丈夫是职业吉他手，而声音、语言、音乐差不多是她日常思考的话题。她主持的实验室 Brainvolts 有自己的网站，也是我日常爱看的资源。有趣的是，实验室中的成员，除了一堆博士生、音乐家，居然还有运动员。因为多数运动员都能对声音、位置的细微变化做出超出常人的精妙判断，这种能力最终让他们抗噪声的能力超过常人。这些特质的联系，正是她研究的对象。

《声之脑》标题含义双关，因为 sound 不仅是声音，也意味着"健康""坚实"，而书里讲的不仅有听觉原理，也包括听觉疾病揭示的脑神经异常，还列举了运动员受伤造成的听力损伤、脑损伤。正因为"听"是一个如此综合性的活动，所以检测听力可以成为检查大脑的手段。比如，上文提到听觉回路中的脑干和听觉皮层部分擅长感知时间，所以检测听觉系统对时间同步性的感知就能看出大脑的健康水平。如今，测试听觉系统对音高、音色的反应渐渐也能提供大脑健康的信息了。她还指出一个更惊人的发现：每个人的大脑对声音有着不同的反应，这种细微的不同甚至可以作为一个人的"生物指纹"！图4是克劳斯原书中的图，除了"键盘"和耳蜗的对应，还有生活中万物对听觉的输入和刺激。其实别的感官（视觉、触觉、味觉等等）同样有自己的"小地图"，而且这些小地图并非从一而终，可以在人生经验中训练和改变，这就是大脑可塑性的话题了。轶事一则：大家知道耳聋后的贝多芬依靠声音记忆、动作记忆等等能力仍然能作曲，克劳斯教授的儿子对奶制品过敏，却不妨碍他成为大厨，为别人做蛋糕！这可真有点"知识生成内心味觉"的意思，一家人就称他为"我们的贝多芬"。

关于"听"与运动之间的互动，克劳斯还提到一

图4

个轶事：某调琴师每次给人调完钢琴，客户都说，你在我的琴上捣鼓了什么？为什么现在好弹多了？调琴师当然只是调律而已，然而声音和谐度的增加让人更舒服放松，不再下意识地跟琴打架，整体上甚至会让人的肌肉也放松了。"听"与"动"可以说是天然地相联系（有共同的演化基础）。就拿大脑皮层来说，我们听人讲话或者听人演奏，哪怕自己什么都不做，大脑中的运动皮层也会活跃，而默想乐虽然也可能激活运动中枢，但跟听觉的激发显然不是个平，也远没有那么直接。

三

这样说来，大脑编辑声音的现象，无所不在。上面说过，我对钢琴家演奏之"态"别有兴趣，正是因为它触动了自己对音乐的全部经验：手指动作翩翩，似乎暗示了谱面上的表情符号，各种细小的动作也让人想起音乐家在台下漫长的磨炼和探索。我常常想，演奏家一定是试错了无数次，才找到一个自己满意的触键方式，所以毫厘之间的动作，背后是行路千里，包括迷失和停滞。双手运动之态，让有共鸣的人打捞出太多太多记忆中的碎片。而我即便是个观者，也携带着完整的"自己"，奔赴这样一个音乐的现场。

虽然我会提醒自己尽量不要用它来决定对声音的判

断,但作为一个对运动较敏感的人,自己身体运动的过往经验肯定会"编辑"自己对声音的感受。我以为,演奏者最好优化动作,让身体为音乐服务到"最佳值",而不是跟身体和音乐打架,但我承认动作夸张丑陋的演奏家不仅存在,而且可以演奏得非常出色,也可证明条条大路通罗马,成就伟大演奏家的,不止一途。

克劳斯的书,副标题是"大脑怎样创建一个有意义的声音世界",其中"声音"用的是 Sonic 而非 sound。Sonic 原意是指声音性的,比 sound 更包罗万象,可以指任何物理、生物相关的声音。似乎越来越多的音乐语汇,在本该指向音乐家的场合,改为 sonic artists(声音艺术家),一方面确实包含音乐之外的声音,比如噪音、语音、人工合成的声音等等,另一方面,暗示的文化变迁仍然不小:声音艺术已经不止于音乐了,各种设备对音乐的塑造和我们在神经科学中的认知已经重写了音乐这个现象,我们的大脑也早已习惯倾听和阅读新时代的声音。声音的历史——Sonic history——这就是我们面对音乐的新新现实,our sonic selves,则是声音世界中的自我。

关于听觉印象的脆弱和丰富,我还想到很多问题。一方面,古典音乐会现场把人死死按在座位上,禁止边听边哼唱,除了曲终鼓掌,不许任何参与。跟流行音乐会相比,古典音乐会几乎抹去了音乐现场"众乐乐"的功能。这其实很糟糕，因为这些社会传统，是无视倾听对全身的调动、全部感官之间的协作。当然我也承认几千人挤在同一密闭空间内的商业需求和无奈的现实。无法改变现实的我们，只能在其他场合给自己创造条件去全身心参与。接触音乐，就要像学习外语那样全面地"听说读写"，音乐也要跟动手"打造音乐"相结合，只听不动，则迟早会进入死胡同。我一向认为，小朋友学乐器，终极目标应该指向"会听"而不只是"会演奏"，因为演奏固然值得赞许，但它需要维持一个稳定的生活方式，哪怕仅仅是年龄大一点，学业和工作忙了，眼前没有琴了，演奏都很难继续。但"会听"总可以持续，这个"听"我指的是"有训练地听"，一种让各个感官、各种认知手段都能卷入的活动，一种曾经参与制造音乐，能抓住一些音乐脉络的"听"。学音乐，原本就是开发思考、记忆和感觉等等综合能力的良机。人所听到的，是生活经验、音乐训练的结果，它并不简单，并且可以很主动。一个不做音乐家的普通人，能不时有兴趣去听场音乐会，能哼唱一些交响曲的旋律，感受到音乐的快乐和复杂音乐的巨大空间（如果能继续弹奏，甚至跟人合奏当然更佳），这就是音乐教育的成功，也是人生和学习经验化为倾听能力的成功。然而很多人小时候学琴成绩不错，长大后却不愿再跟音乐尤其是古典音乐发生任何关系，音乐连回忆都不是了。

前文《音乐、气场和"系统1"》写到的关于人下意识反应的"系统1",让人天然携带很多不可抗拒的错觉,然而这些错觉也往往是接受艺术的基础,艺术家悄悄施展身手的"词汇表"。讨论起音乐欣赏中的错觉,可说的很多。人的心理杠杆的巨大选择性(比如对高峰体验的记忆),又比如音乐家人生传记投射到对声音的期待,文字叙述对音乐效果的影响,演奏者声誉带来的先入为主印象等等。涉及对音乐的评价,不少问题都敏感到难讲出口。管弦乐团尽量用盲试来挑成员,这没问题。但目前大部分演奏比赛没有让演奏者躲在帘后,因为比赛同时也是表演,也可以说演奏者的形态也是音乐的一部分。假如,让演奏者面对观众,评委藏在帘后呢?仅就音乐性来说无疑会更公正,但(受视觉影响的)观众和评委恐怕会有更大的分歧。所以,我们这个巨大的音乐鉴赏文化也好市场也好,其实一直不缺少尴尬,往往是文化和政治需求而非科学性在左右它。心理学家要做起盲试,弄出实验对照组,可能会发现很多现成的乐评都不堪一击(这样的研究已经有人在做,我对之感受复杂)。我认为,这些心理试验也有高度选择性和偏见,不能覆盖音乐活动涉及的许多变量;同时我又觉得,人群出于类似的假设、幻觉和经验形成的"共同体"也很可贵,我宁愿科学家们不要说破它。

最近,我有幸去汉堡游玩,在大名鼎鼎的汉堡音乐厅中对公众开放的空间中闲逛。纪念品商店中有一些精美的 CD，我忍不住就买了一张，明知这样的 CD 在别处一样能买到，不过在这个独特、令人难忘的音乐厅空间里，面对着鸟瞰之下的仙境，好像 CD 也别有光辉，包括商店里轻柔的音乐、印着汉堡音乐厅标志的小礼品杯子。我对自己莞尔一笑，环境和经验就这样能轻易左右人的判断。之后在莱比锡，终于有机会拜访巴赫当年做了近三十年乐长的托马斯教堂，管风琴声响起的时候，我看见了教堂中央，花簇之中的巴赫墓，无穷感受都在心中奔涌，此情此景，回忆和阅读都调和在音乐之中。我知道此刻的音乐并非巴赫所作，而是一段 20 世纪的管风琴音乐；而教堂内部早已重建，管风琴更是全新的制造；甚至，那具万人来访的巴赫墓中的遗骨，众人也一直争论是否巴赫真身。然而一切仍然跟巴赫紧紧地联系在一起，因为巴赫的音乐，在这块土地上真实地发生过。而巴赫的遗骨无论真伪，仍在这里承载着人们的念想。执念之下，音乐是会被"重写"的，它还会融入我日后的回忆中，任何有关巴赫的轮廓，也会被画得更清楚。

关于声音来自人脑的构建这一点，神经科学家喜欢引用 17 世纪大主教伯克利（George Berkeley）问过的哲学问题："如果一棵树在森林里倒下，周围无人听到，那么它发出声音了吗？"按这位大人的说法，答案是

"有",因为上帝能听到。但神经科学家的答案是"没有"。此外,"科学是人学",Science is a deeply human endeavor,这是克劳斯教授在书中的话,我深以为然。

参考文献

1. Nina Kraus, *Of Sound Mind How Our Brain Constructs a Meaningful Sonic World*, The MIT Press (2022).
2. Elizabeth Margulis, *The Psychology of Music: A Very Short Introduction*, Oxford University Press (2018).
3. Rebecca Schwarzlose, *Brainscapes: The Warped, Wondrous Maps Written in Your Brain—And How They Guide You*, Mariner Books (2021).
4. 文中提到的琴键排列参见 https://en.wikipedia.org/wiki/Wicki%E2%80%93Hayden_note_layout。

音乐时间与节拍器剪影

一

今年我在多伦多的博物馆里，第一次听到著名的加拿大原住民因纽特人的"喉音"演唱，可惜我努力听了好几段，连音高都感觉不到，也记不住。不过仍然有一样东西感染了我，这就是明快动人的节奏。对完全陌生的音乐风格和文化摸不到头脑的时候，我又一次猜测，人脑对节奏的预知、分析和相关的快感，是不是各种音乐所共有？和声、音阶这些东西极难在人类音乐中寻得共性，但我"冒死"下了一个结论：音乐之中，唯节奏不可缺少。

关于人脑和节奏的天然联系，我一直有很多想法。拿今日能覆盖大半个世界的欧洲古典音乐来说，它确实精深、复杂，能容纳丰富的个体心灵，也就是说，一个人无需他人带动、起哄，可以静静地欣赏，这是古典音乐让人独立和强大的一面；然而音乐仍有社会性的一面，古典音乐也不例外，只要节奏的感染力还存在，人们就会有"一起动"的需求。

节拍（meter）和节奏（rhythm）的秘密让人常想常新：保持均一节奏的神经机制在哪里？科学家的结论是，节奏和节拍不可分，没有节拍重音或者说没有组织结构的话，人脑很难感知到运动性的节奏。科学家也知道，人在听音乐的时候，尤其是在听到有节拍（重音）的音乐的时候，运动辅助区（Supplementary Motor Area）及周围也被激活，所以音乐家可以被称为"听觉运动员"。此外，无关文化，大脑中的基底神经节的功能就包括把重复信息组织成小块，这类重复信息可以是走路、有节奏地挥旗子、敲鼓，也可以是音乐的节拍。这种听觉回路和运动区的结合，有可能激励人脑的奖赏回路（以至于上瘾），也就是产生多巴胺。所以一群语言不通的人可以一起唱，一起拍手，甚至一起预测、填补一个拍子，音乐天然可以连结彼此，甚至有语言隔阂的诗歌也可因音节的律动，稍稍跨越文化。虽然，现代西方古典音乐的演奏现场发展成了一个怪胎：观众被牢牢钉在座位上不许参与（程式化的掌声是唯一被允许的参与），但听者仍然有"想象中的运动"，也就是说跟随音乐默默打拍子或哼唱。也就是说，哪怕是"被动倾听"，听觉回路也能在预测、期待音乐的过程中分泌多巴胺。

关于拍子，学者马古利斯在《极简音乐心理学》中说，大部分人按照要求打拍子，都能很精确，但毕竟不可能达到数学的完美：一般会提前 20—60 毫秒左右，因为人脑在不断预测，就难免"抢"一点点。也因为预测的本能，有上下文的音乐比孤立的一小节更让人跟随得舒服。

人脑自带节奏装置，但肉身终有限度，而艺术瞄准的正是普通人脑的捉襟见肘。这样一来，各种文化都有自己的训练办法来解决问题。而在科技文化兴盛较早、复杂多声部音乐也更常见的欧洲，就逐渐有了节拍器这个独特的存在。

二

"我按节拍器来训练大脑，并且时时都在测试自己。我可以按每分 120 拍或者 105 拍的速度走路，如果我愿意。如果拍子错了，我的整个身体都会感觉到。管弦乐团呢，一个独奏进来快或者慢了，我立刻知晓，因为立刻感觉不舒服。"这是卡拉扬大师的话。

从琴童到演奏家，练习的时候都有这么个物件嗒嗒地响不说，卡拉扬大师竟然也未免俗。节拍器这东西，看上去似乎供初学者用，但其实悄悄塑造了欧洲音乐传统的方方面面。美国大提琴家莫斯科维茨在演奏之余，辛苦地钩沉史料，摸索出这样一本"节拍器小史"：《测量：对音乐时间的追寻》(*Measure: In Pursuit of Musical*

Time）。今人写一物之史，从现有的成品回溯，总能找出很多人和线索。毕竟，没有什么复杂之物不是经过多人合力，加上时代不断选择形成的。

以钟摆为出发点的节拍器，其原理可以追溯到17世纪的伽利略。他发现钟摆的周期和振幅是互相独立的，当钟摆振幅越来越小的时候，周期仍然不变。不过他留下的文字中，并未提到钟摆的这个性质有朝一日可用来测量音乐的节律。之后另一个重要的学者，数学家梅森（Marin Mersenne，1588—1648）可以说是17世纪音乐家里最拼命格物致知的了，他很清楚伽利略的发现（甚至修正了一些错误），并且算出了一些钟摆摆长和振动周期的对应，也设想过可以用它来标准化音乐计时，这样"可以把音乐传播到所有角落"。而计时并不仅仅是梅森这样思想者的需求，当时的音乐作品已经让学生对稳定节拍十分头疼。比如当时意大利作曲家弗雷斯科巴尔迪不断"抽筋"般的节奏，用嘴可真不容易数清楚。听上去松松紧紧，事实上节拍严谨，可以说作品的要义就在于音符忽多忽少之际，保证节拍框架的稳定。

到了路易十四的年代，作曲家红人吕利（Jean-Baptiste Lully，1632—1687）已经上演了很多复杂的歌剧、舞剧，有一场马拉松般的芭蕾舞剧，据说持续了十三个小时。国王不会接受声音和动作不整齐的演出，

Girolamo Frescobaldi
(1583-1643)

托卡塔（Toccata Quarta）开头几小节

那么排演中保持拍子的艰难可想而知，目击者都记录了最后演出时的挣扎——音乐家尽了全力，仍难避免歌舞者的乱象。当时所谓的指挥也就只能靠敲桌子、蹾手杖的办法来打拍子（最终吕利就这样把手杖砸到自己脚上，感染而丧生）。有趣的是，因为吕利是御用音乐家，拥有最多的资源，生产最复杂的歌舞剧，就在数拍子、变化节奏的艰难挣扎中，他的作品在当时激发了不止一种"音乐计时器"。这个年代，越来越多的人已经知道钟摆的长度一旦设定，摆动频率就恒定了，但时间和摆长的精确关系，因为非线性而是平方，所以不够直观，两者的换算还没有人用表格清晰标出来。

此时有个名叫弗耶（Raoul Feuillet，1660—1770）的编舞大师根据钟摆原理设计出一个计时装置，而且标识清晰，可以在歌剧的不同段落开启不同节奏。1683年，吕利的歌剧就真的用了它。整个装置一米五左右，钟摆长度可调，而且摆动的一端能装上一个小镜子，当镜子反射光芒的时候，舞者们就看到一个黑点忽现忽灭，所以就省得受振幅干扰，跟着黑点的亮灭即可。

1694年左右，法国音乐家卢利（Étienne Loulié）第一次设计成功了一个可调节的钟摆式计时装置。卢利是演奏者、教师，也做过"市场"，帮人卖吕利的乐谱。因为跟吕利的音乐圈子有了近距离接触，他知道在当时的歌剧、芭蕾舞剧中，多声部的演出多么需要整齐的拍子。

他的成就是用上了伽利略的"秒摆"理论，也就是半周期为1秒的钟摆（需要钟摆一米左右），并且按照周期与摆长平方成正比的规律，清晰计算出了音乐速度对应的摆长。相比之前指挥们砸桌子，它倒是没有声音，音乐家只能像看指挥那样看它，这对舞蹈来说颇有用。不仅如此，它需要用到6码多长的钟摆，讽刺的是，"码"在法国就比较混乱，所以，统一音乐节拍之前，统一长度单位就够难了。因为是吕利的粉丝，他的节拍速度是根据吕利的音乐节拍定制的，而且并不灵活，于是别人也只能勉强换算才能用上。此外，他的仪器是用钟摆长度而不是音乐家所习惯的音乐速度（每分钟多少拍）来标注的，极不方便，又因为受摆长之限，

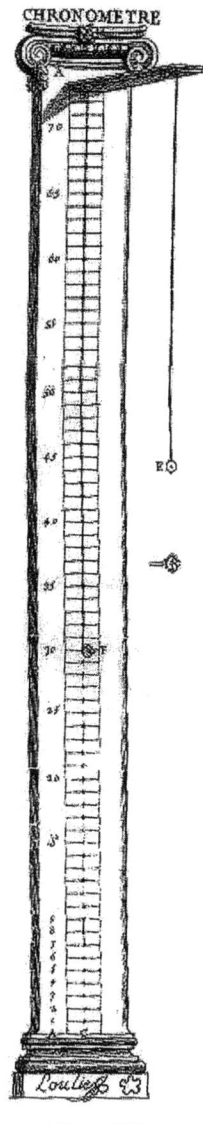

卢利的计时器

音乐时间与节拍器剪影

不能实现较慢的速度（每分钟 40—60 拍），而当时的欧洲音乐中，偏偏这类速度占主体。即便如此，卢利的发明当时还是划时代的，并提交给法国科学院，后来，被称为"本世纪最美的发明"。而且，这个思路引领了后来的发明者。

其实卢利有个重要的合作者，这就是不懂音乐，但热衷音乐发明的数学家索弗尔（Joseph Sauveur，1653—1716）。卢利在跟他的合作中，成了巴黎"最懂理论的音乐家"，也差不多是最有科学思维的音乐家。索弗尔在反复试验"音乐计时器"的同时，也尝试别的"音乐规范化"，比如调律。他想出了快三十种调律的方式。至于计时的钟摆，"秒摆"根本不能满足他的想象，他要的是比秒小得多的单位，并且真的用一个更小单位并用了对数计算，标注了吕利的一场歌剧速度。结果有点讽刺，甚至可以说是科学和感性的一次典型对话：索弗尔以为更能体现微妙速度的标注，音乐效果反而更差。

最后连卢利也受不了索弗尔的极端追求了。这种精度是人耳不能感知的，有什么用？把音乐切成如此小的碎片，太过分了。两人渐渐貌合神离，而卢利不久就与世长辞，这段意味深长的"音乐和科学的合作"到此为止。

之后，从标注钟摆长度到时间的换算，仍在持续进展了。17、18 世纪的法国，用现在的话说，是人们充满信心,认为可以掌握一切宇宙秘密的年代,也是狄德罗编写《大百科全书》的年代。狄德罗跟著名音乐家如拉摩、巴赫的儿子等人学过作曲,他本人对音乐计时也有无穷的兴趣,也认为当下的意大利表情术语讲不清时间,造成太多混淆,而如能利用计时的工具,准确记录吕利歌剧节拍和速度,才可把大师的杰作传下去。不过,另一启蒙思想者卢梭表达了相反意见:太死板的节拍记录,会损害音乐灵魂的表达;就算把意大利人的音乐速度准确记下来,法国人未必喜欢,所以,速度并无固定的必要。也有音乐家认为,用心跳来判断节奏就足够了。所以,真正的节拍器还没诞生,反对声已经不绝于耳。当然,这并没阻止音乐计时的脚步。虽然18世纪的音乐计时仍停留在钟摆的思路上,但越来越多的作曲家开始在作品上标了速度,尽管还不是每分钟多少拍,而是某些表情记号下,一小节延续几秒钟。

各种反对批评很多,但对音乐计时的疯狂赞美也很多,尤其在美国。拥趸之中,包括一个名叫托马斯·杰斐逊的音乐迷兼业余小提琴家(此人起草过《独立宣言》,后来当上总统)。因为这段时间(1784年左右)美利坚和法国签署贸易协议,往来很多,他正巧发现了这个钟摆式节拍器,如获至宝,还自己动手改造,最后鼓捣出一个思路清奇的简化版计时器:按Largo,Adagio,Allegro,Presto等等由慢到快的表情术语来算摆长。

总之,早期的节拍器和钟表类似,都需要至少五六码长的空间。如今还有一首名叫《爷爷的钟》的英语歌曲就唱到"爷爷去世了,埋葬在钟表里"。

三

节拍器和钟表并不等同,节拍器需要更精确并且可以调控,但钟表只需长期稳定,精度不需超过秒,所以两者的思路其实是可以分开的。1814年,在阿姆斯特丹,一个来自德意志乡下的钟表匠温克尔(Nikolaus Winkel,1777—1826)带来了真正的改变。他做出来这样一个计时装置:钟摆是倒过来的,双配重,有棘轮控制方向,能发声。这样一来,摆动的性质就跟钟摆不同,摆长不再是关键因素,配重之间的长度比才是,故无需再用真刀真枪的钟摆。短小的黄铜柄加上两个配重,摆动周期的公式用的是另一个,调节起来容易得多,过于笨重的问题,一下子解决了。这个聪明的办法,恐怕让卢利等人深恨自己为何没想到。而在诸位对节拍器做过重要贡献的发明家里,温克尔留下的故事最少,人们只知他是一个在移民潮中来大城市求生存的钟表匠,并在这里攒钱买了房子。他发明过不少物件,包括一个能自动演奏的小型管风琴,至今收藏在荷兰的音乐钟博物馆(Museum Speelklok)里。

温克尔的双配重摆的示意图，A 是中点，B 和 C 是两个配重球，绕着 A 转。C 可以滑动调节，改变 AC 和 AB 之间的长度。当时的技术已经能做到用弹簧或配重提供动力让摆持续运动。

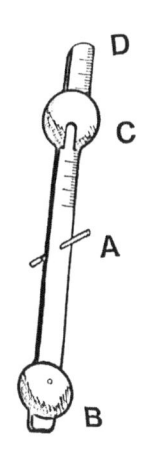

1813 年左右，出生于巴伐利亚的发明家、商人和钢琴教师梅尔策尔（Johann Maelzel，1772—1838）也在钻研"音乐计时器"，也搞出了一个改进的模型。虽然这些计时器包括梅尔策尔的都不好用，但越来越多的音乐家渴望正确记录大师作品的速度，所以还是尽量用当时较好的梅尔策尔计时器来标，萨列里就是其中之一，他已经试着记录了海顿《创世纪》的速度。

当时处于"前沿"的发明家，大概有一定的交流。有史证表面，温克尔曾经写信向梅尔策尔介绍他的发明，梅尔策尔也看过它的样子，立即意识到这是个大事情，遂向温克尔要一个模型，被拒绝。他没有放弃，着手按温克尔的记述造出了一个双配重的节拍器，立刻去巴黎申请了专利。梅尔策尔的模型至少有两个版本，一种是以配重，另一种是以弹簧为动力（后者当时更贵，也是现在大家用的），还有"无声版"和"有声版"。他在改进中把铜柄的比例用得更合理，体积更小，让之前的音乐计时器立刻进了垃圾堆，更惊人的是，此模型使用到今，后来梅尔策尔和别人都继续开发出一些新模型，反倒不如这一款有生命力；再往后就是电子产品了。

温克尔后来的反应可想而知，想挽回自己的发明署名，为时已晚。后来，梅尔策尔来到荷兰，在一个公开场合里口头承认见过温克尔的发明，也是因此受了启发。但他不肯留下书面的证据。

梅尔策尔这个人，后代可能会总结出鸡贼、投机等等结论，比如他曾经弄出一种"会下棋的土耳其士兵"，最后证明是造假。又因为他的工作坊曾经在维也纳，听力越来越糟的熟人贝多芬来找过他，问他有什么助听的办法。梅尔策尔给了他一种"耳号（能戴在头上的小号）"试试，或可让他听得更清楚，其实也没什么用，无非就是把双手解放出来而已。梅尔策尔还鼓捣出好几种新乐器，其中一种叫 Panharmonicon（能充当机械乐队的乐器），他为此鼓动贝多芬写了个应景的作品，导致贝多芬写出了一辈子赚钱最多，但声誉最差的《惠灵顿的胜利》。又因为梅尔策尔偷偷把这个曲子改写了一部分并且私自演出，贝多芬跟他闹到对簿公堂。

梅尔策尔的节拍器，虽然是"山寨"了温克尔的主要想法，不过他确实自己做了出来，并且首创了"节拍器"这个名字，若干年里持续改进。此外，音乐界的人气绝对在梅尔策尔这一头，因为他本来就认识很多作曲家，其中特别需要节拍器的就包括萨列里和贝多芬。讽刺的是，梅尔策尔早先的音乐计时器已经被一些作曲家所用，因为不够标准化，作曲家往往在速度旁标上"梅尔策尔系统"，而真正好用的节拍器出来，大家索性只标数字，懒得再提梅尔策尔的名字了。

而贝多芬跟梅尔策尔虽有嫌隙，但贝多芬毕竟把准确演奏他的作品看得比命还重，新节拍器让他彻底心悦诚服，把自己之前八个交响曲都标注了节拍器速度，还宣布有了这个宝贝，"快板""慢板"等等表情术语可以进垃圾堆了。著名的钢琴奏鸣曲 Op. 106 则留下标注速度过于疯狂的公案，贝多芬本想严格控制速度，结果造成了大乌龙，苦了后代钢琴家。虽然贝多芬留下的一切都被经典化了，大家还是不得不放弃这个速度。写《第九交响曲》的时候，贝多芬是把节拍器一直放在手边的，标记的节拍也让后人十分迷惑。其实，他的这个宝贝，有时坏了需要修，有时则是自己耳聋的问题而误标。读了这段历史，音乐家不应再迷信他的速度标注了。

作曲家们对节拍器反应不一。门德尔松说过"傻瓜

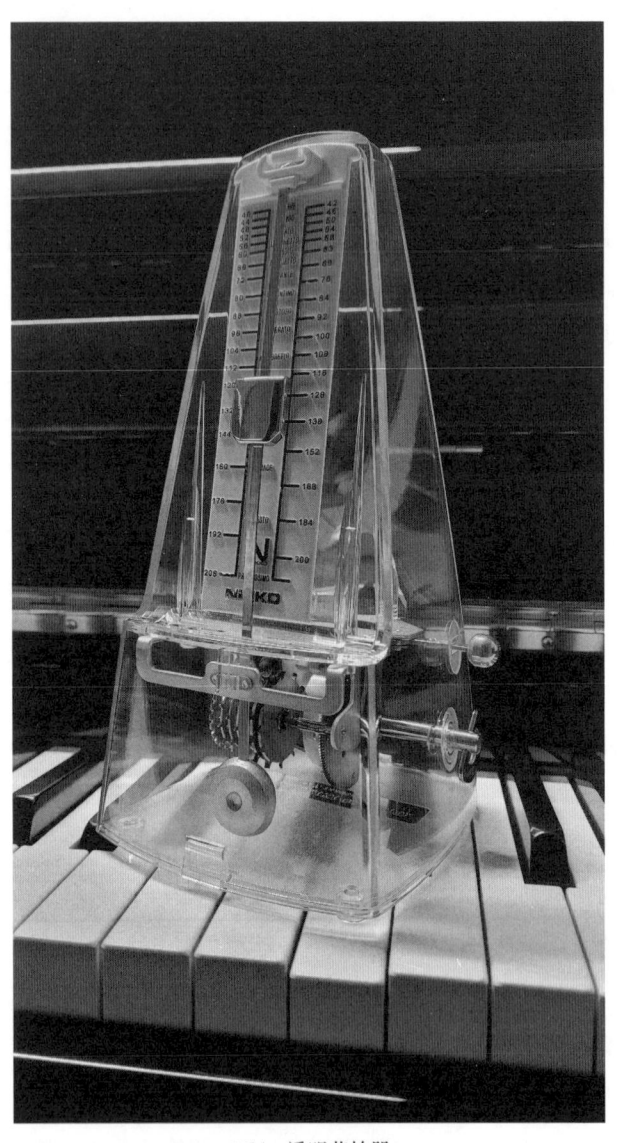

Nikko 透明节拍器

才不能第一眼就从音乐看出作品速度",不过几年之间,他还是标注了一部分作品。柏辽兹衷心拥护节拍器,并且一直在排练现场用,但对自己标注的速度百般焦虑,有时连续的几个小节就标了不同速度。

晚生几年的舒曼,已经是作曲家中的"节拍器一代",从一开始就标速度,除了艺术歌曲。他是这样一个充满梦幻和自由的人,却也有拥抱技术、赞美各种进步的一面。可惜他自己的节拍器也有问题,导致许多标注都不合理,克拉拉后来修正了一些,仍然留下很多争端。批评家冯·彪罗甚至说"舒曼整个最有成就的时期,都建立在一个有毛病的节拍器之上"。

1887 年,电磁驱动节拍器诞生,之后也经历了一轮轮被需求强烈驱动的进化。如今,免费的节拍器软件都满坑满谷了。当然机械节拍器仍有大批粉丝,据我所知就有日本 Nikko,德国 Wittner 等等,不过基本思想跟梅尔策尔相差无几。

四

今年我在柏林的科学博物馆中,就看到了一个高耸出屋顶的壮观长摆,地上放了一圈小木桩,估计一个小时内敲倒一个,这样一天左右的时间(周期由所处地理位置决定),一圈小棍都躺平了。这就是大名鼎鼎的 19 世纪的傅科摆！因为摆绳柔性并且很长（至少十几米，越长越好），摆绳上拴着铜球，它相对独立于地球的惯性系，所以地球的转动让小棍不断送到它跟前被撞倒。别的博物馆还有更刺激的版本：一圈小玻璃球摆得更密集，五分钟就被大铜球弹射出一个。在聪明的设计面前，地球讲出了自己的秘密，而时间的冷静，本身是另一种讲述，打开种种可能，节拍器和钟摆天然地跟时间、引力以及人脑内在的节奏相联系。而且，别忘了"摆"无所不在，连我们的腿骨加膝盖都是。从稳定行走到数拍子，就有这样一种共同的源头。

仅就欧洲音乐历史来看，科学对音乐有几次较大的推动和改变，我认为节拍器应该算其中之一。电子时代以前，某些科学对音乐的影响比如调律、乐器制造等等，反倒是音乐家和工匠无需借助理论也能摸索出来的。而节拍器稍微特殊，并不是人类要依靠它才有节拍和韵律感，但它帮助人精确记载音乐速度，并且给作曲家创造了一个框架，可以依赖它扩展更复杂多变的速度和节奏，尤其帮人训练多声部的大型音乐。所谓君子善假于物，不如说人类终究是工具的动物，这一点在欧洲文化中无处不在。

然而人脑，尤其是人群的大脑，有它自己的"远古遗迹"。"真"可以激发美，但"真"不等同于美；理性和精确给人脑带来快感，但这个"适配空间"有限度，

巴黎帕提农纪念馆内的傅科摆

有范围。作曲家可以追求无限精确，但未必能化为听众大脑中的美感。音乐学家布诺斯（Alexander Bonus）在牛津上发表一篇题为《节拍器》的长文，"其实，节拍器的历史比音乐家跟节拍器的关系的历史好讲得多"。

音乐时间与节拍器剪影　　　　203

柏林科学博物馆内的傅科摆

他的研究表明,节拍器的推广,不仅仅是技术原因,更重要的是社会变迁——节拍器的制造技术,当时还比不上最好的钟表,但在欧洲,这正好是一个"自动化""机器"开始盛行的时代,节拍器是这个拼图中的一部分。

一方面工程师们千辛万苦改进节拍器，另一方面很多音乐家并不领情。历史总是这个样子的，如果文化都能轻易向科技臣服，"越精确越美"，"越复杂越美"，大约也就不会有今天的世界。历史上倒有不少这样的例子，喜欢音乐的科学家受音乐启发，或者以音乐为出发点在科学、数学上有所突破，但最后抵达的精确度、复杂度远远超过了音乐的需要，索性自成新分支。科学从音乐出发，又回归科学；而每当新技术出来，貌似将变革音乐的时候，音乐家又发现技术并非包治百病，它必须跟人的判断结合起来才管用。科学跟音乐狂热相拥，但又各自回落到更新的边界以内。

从音乐的学习规律来说，大部分音乐教师都会告诉学生，节拍器是用来检查和矫正的，不宜形成依赖。等节拍自如地植入身体，摆脱节拍器也将是必须，因为音乐有时就需要严整节拍对照下的自由。此外，人和情形都是变化的，"精确记录"的反面，是音乐对变化的需求。斯特拉文斯基的《春之祭》虽然离不开节拍器，但作曲家本人后来的感觉大不同，意识到记录下来的速度仅仅适合一时一景。这样说来，"时间"是一回事，"听到的时间"是另一回事。而当音乐上真正需要极小时间单位变化的时刻（比如 rubato），精细入微的拉宽，可以相差在毫秒级，往往都不是靠节拍器，而是音乐家在练习中摸索出来的，跟生活经验相关的产物。有时候，节奏偶有适当游离，音乐之"态"全出，正是神来之笔。

所以，音乐、艺术，终究是人对人之物，生产音乐的人自己能用身体感应到的东西，才能传递给听者。这也能解释为什么欧洲音乐有着较细致准确的记谱系统，包括神奇的节拍器，被乐谱丢失的信息仍然很多。音乐太"身体"了，太多原始的律动感了，也太多巴胺了，这都是人脑听觉回路和运动中枢互送信息所决定的。所以它跟语言不太相容，甚至跟乐谱也不太相容。

如果说听觉相比视觉、嗅觉、味觉、触觉等等特殊在哪里，我认为至少有一个"动"字。关系到时间和节律的书写，我们还远未能总结。当年伽利略要估算球体滚落斜坡的时间，据说是靠唱歌打拍子，也就是人脑自带的节奏功能。音乐就这样曾经帮助了计时，计时反过来又帮了音乐。人脑与时间，有太多故事可讲，而细分时间的需求和快乐，则无处不在。

参考文献

1. The basal ganglia and chunking of action repertoires, https://pubmed.ncbi.nlm.nih.gov/9753592/.
2. Marc D. Moskovitz, *Measure: In Pursuit of Musical*

Time, Boydell Press (2022).

3. Elizabeth Margulis, *The Psychology of Music: A Very Short Introduction*, Oxford University Press (2018).

4. Alexander E. Bonus, https://academic.oup.com/edited-volume/42059/chapter/355873649: Metronome.

音叉：音与物的偶然

一

20世纪，BBC著名的科普节目主持人伯克（James Burke）制作了一个影响深远的节目《连结》（Connections），讲的是"历史之网""知识之网"，各种大事对历史的触发和推动。片子从20世纪70年代拍到1997年，其中第二个系列主要谈科技，谈的就是科技和生活方方面面的互相激发。因为太成功，伯克又想出各种新鲜办法来写书，比如在《弹球效应》（The Pinball Effect）书页空白标了许多"读者请对照看某某页"，也就是一种他认为的，X指向Y的线索，或者XYZ一起作用的结果。X和Y，可以是科技发现，也可以是政治条件、人物机缘，这种"科学大历史"，卡尔·萨根也写过。

X指向Y，有时是历史的必然，比如一些理论只有在技术准备好的时候才可能去验证；也有时纯属偶然，X与Y可以成对发生，因此生成了某个状态的世界，而如果X与Z同时发生的话，Y可能后来也会出现，但也可能以另一种形式出现，或者根本不需要出现了。

说到不同学科的历史联系，有一本通俗科普书叫作《现代物理学与东方神秘主义》，被译成多种语言，红极一时。它把星星点点的现代物理学知识和"道"的联系写成一本系统性的书，不能说毫无启发，但因为"量子力学很难解释"以及"东方神秘主义很难解释"就认为两者有系统性的相似，总非严谨的学者所为。比如书中的《宇宙之舞》一章中，作者用印度教的"湿婆神"之舞来类比粒子的"强相互作用"——看上去有些意趣，可是本书刚出版不久，粒子物理学就发现了新的模型，书中的陈述就过时了。后来，书出了很多版，居然还没有纠正。这也可以证明用宗教来隐喻科学的问题：科学恒常变化，即便一时塞进非科学的模型，也会很快挣脱出来。还有个外科医生施莱恩（Leonard Slain）写了一本有灵感但涉嫌主题先行的《物理和艺术》（*Art & Physics: Parallel Visions in Space, Time, and Light*），把物理学和视觉艺术写成了一部"艺术引领科学"的叙事，努力自圆其说但有大量史实错误。在我看来，世上任何两个有个持续名称的事物（所谓科学，所谓文学，所谓建筑等等），一定会在历史的某些节点中发生关联，甚至互相推动，因为人的思维在各个分支里都体现一些共性，任何分支都不会生于真空，都是人类的构建，也都会受其他变革的影响，躲也躲不开。但这些联系也并不系统。

科技工具、科学思维和音乐的联系，仅从欧洲这一支来说，似乎源于毕达哥拉斯将音乐构建于数字，后来因为音乐一种"极简"的表象，让人容易想到"天人合一"。说到这方面的历史，有些例子史家格外喜欢，因为科技和音乐互相刺激、"滚动更新"的情况精彩得罕见，虽然后验才看得到。这些例子里，节拍器算一个，还有一个就是音叉——一种 U 型的，金属制作的共振器，主要供乐器调音用。按历史学家杰克逊的意思，节拍器、音叉和汽笛是 18、19 世纪欧洲科学和音乐量化出现交集最典型的例子，其中音叉对科学的刺激尤甚。音乐是什么？首先它是振动，而且是样式丰富、体现数字关系的振动。就这一点，测量音高的音叉注定会跟很多量化计算有关。我不敢说它能呈现出音乐和物理学之间长期的联系，只能说，天时地利，正好发生。

欧洲历史上最早有记录的音叉，是 18 世纪英国宫廷音乐家朔尔（John Shore）发明的。此人是不错的演奏者，普赛尔和亨德尔都专门给他写过小号部分。在他之前，调音只能用极不可靠的木管。当然这三百多年里有很多改进，比如音叉之所以分成两叉，底部又连接在一起，为的是声波稳定持续传播较长的时间，但它的音量和持续长度还是不太够，所以有人配备一个木匣样共振器，先敲一下音叉再把它插上共振器，声音就放大了很多。而对特定材质、特定音高来说，音叉的长度也是固定的。为了能更灵活多用，也有人设计出了可调节长度的音叉。

看上去，传统钢琴调音师工作就是随身带一个小小音叉到处跑，其实这背后不知有多少数学、物理、工程、政治的成分。钢琴调音的基准音高，目前是中央C上方的A，频率是440赫兹。最早提出来的是19世纪的普鲁士丝绸商人兼歌剧迷歇布勒（Johann Scheibler），他举出多种乐器（尤其英制早期钢琴）的实例，说明这个A，频率是当时的平均值，440赫兹。他自制了个56只音叉组成的音准仪（tonometer，各个音叉振动频率第次差4赫兹），调音的时候56只音叉一起作用，用寻找拍音的办法调准。拍音在两个频率极接近时才会发生，那么如果某个声音跟某两只音叉都有拍音，就知道实际频率在两者之间。而440赫兹真正变成国际标准，漫漫长路中遇到的并非完全是音乐需求，这其中有曲折的政治、经济、社会历史——任何标准化，其中都有"人斗"的风波。

二

我们听到的每一个乐音，都可以分解成许多种频率的振动，我们所认定的音高是由大脑选择出来的。而自古以来文化多样的欧洲，调音肯定不会大一统。16世纪，已经有人提出标准音（A）的概念，无人响应。根据留下的乐器和调音工具遗迹推算，在真正标准化之前，常用的音准，光有记载的就有409到450赫兹这样惊人的范围。

1859年，法国第一个引入了标准音高（diapason normal）的官方概念。此时的法国，自我感觉是各种标准的中心，对各种度量衡都努力统一。为了寻求一个合理的标准音高，人们把欧洲音乐调查了一遍，收集了大量数据。标准音定义是中央C上方的A，每秒钟振动435次。标准音可以选A也可以选C。法、德、意等国选择了A，可能是因为小提琴上A是空弦之一（不过，因为管风琴上是用C来做基准音，所以后来英美都有人以C为基准）。

这样做，部分原因是想正确地演奏经典。就拿法国来说，"经典"越来越多，人们希望给它们原样保鲜。至少，当时不少趣味保守的人有这种想法。除此之外，标准音高也为乐器工艺的革新提供一个框架。

这一波确定音高的风潮，自然而然有两个阵营，一是研究声学的物理学家，一是音乐家，两大阵营也是互相渗透。科学家的角度往往是精确、易算、方便国际交流，音乐家往往是从音乐的美感出发。音乐家再怎么反科学，也多多少少被影响到，何况还混着一些两面派，半技术人员半音乐家的，乐器制造匠。关于具体的音高，据说管风琴家是最爱往高处调的，因为音管短一点就行，如果每个管子短一点点，省的钱可真不少，再说较高的音高听上去更热烈明亮（音高、音色彼此并不独立，所以绝对音高也会影响音乐的总体效果）。著名管风琴制琴家卡瓦耶-科尔（Aristide Cavaillé-Coll，1811—1899）哀叹说："每一个世纪音高就增加一个全音或者半音那么高。我们简直要这样遍历全部音阶了。"音乐评论家则说这是"谋害歌手"，要求当局立法，不能再这样下去，让剧院无理蹂躏——19世纪的法国是歌剧大国。可是器乐又要更有戏剧性，所以总有这样的合力。据说女高音大牌们往往随身带着音叉，要求管弦乐队跟着她们的音高。

标准音高的鼓吹者中，物理学家利萨茹（Jules Antoine Lissajous）再次提出"音乐无国界"这种天真的说法，还推出一个更天真的数字：每秒振动1000次，也就是1000赫兹。当然，由于太荒唐被否决了。卡瓦耶-科尔推荐过448，依据是19世纪初巴黎和斯图加特歌剧的A音平均音高。

自1860年始，法国标准音高在欧洲音乐界有了一定应用，也就是435赫兹。音叉不贵，但乐器改音高确实死贵，巴黎歌剧院内就大乱一场，光音乐家的抗议都应付不过来，更别说重调所有乐器，最后也只好接受各种共存。结果，音乐家比以前更分裂了，变成"黑白"

两派。混乱之中，只有军乐队听话，迅速统一了音高。这一通乱，倒让人看清即便在权力高度中心化的法国，政治高压、科学家的说服都不太能迅速左右艺术世界。19世纪见证了好几种度量的标准化，各有难处，音高涉及艺术，更加复杂。

法国尚且如此，其他欧洲国家可想而知。当英国打算仿效法国的时候，偏巧正是英法关系最糟糕之际，就这么一个互相反感的关节，导致英国最后没有采用435赫兹。在十多年的音高升降中，英国不出所料地大乱，引发了歌剧大牌的罢唱事件。奥地利略好，当局引进了法国标准音高，有一定进展。奥地利著名批评家汉斯立克说："我们政府大概是害怕法国的中央集权政府影响到我们，害怕整个学校、剧院体系被一只音叉统治，但奥地利的音乐家完全可以接受新音高，并且更快一点。"他积极支持标准音高，直接原因就是管弦乐团的音高不断攀升，再不阻止，简直要毁了音乐。在这件事上，奥地利走在德联邦前列，按说可以加大它的影响，但这也恰恰是其他联邦比如普鲁士所抵制的。后来多地（出于政治动机）宣布推迟统一音高的时间，不会跟随维也纳的脚步。而奥地利的音高在汉斯立克的努力呼吁下经历了十年，仍然并不完全统一。各个尝试标准音高的地区，都呈现了相似的状态：音高比以前更分裂，更多样了。而且音高在这个政治拼图中只是一小部分：政府的影响力、本地的凝聚力、民族主义等等，这些合力都比音乐的力量大，而且见效更快。

1877年，比利时官方宣布接受这个标准音高，西班牙两年后紧随，俄国、瑞典都部分接受了。1885年，维也纳国际会议（话语权最强的英法正好缺席）继续推行标准化音高。

题外话，音高标准化（或云欧化），跟殖民也有关系。比如因殖民故，管风琴几乎遍布全球，但那种教堂里的大管风琴终究不多，所以出现了很多便携式的簧片管风琴，其中一种是印度式手风琴（harmonium），而管风琴也更要求音高的统一。音乐、乐器，本来都可以为殖民服务，统一音高似乎也顺理成章，但各国气候、文化不同，音高也并没有殖民者想象的那么能推行。当时普遍认为这种手风琴连同它的音高跟印度音乐格格不入——这当然不是个音乐问题而是政治问题。泰戈尔写文抗议"音乐统治"，后来印度独立，这种乐器因为联结着痛苦的记忆，在印度被禁了几十年。

英国确实从1859年就有音高标准化的意图，而且更严谨。当时皇家学会就指出，音叉的振动也受室温影响，所以这个标准音高，指的是室温15摄氏度下的振动次数。而1873年左右，C512（对应A453）成为流行一时的标准，实在不是因为它对音乐家来说方便或者好听，只是在数学上太好算了。但音乐家最终摒弃了它，这也再次证明数学和感官并不太玩得到一块去。

各种争论中，英国始终不肯向维也纳标准低头，部分原因也是因为大英帝国殖民太广。后来，维多利亚女王要求统一音高不宜再拖，结果阴差阳错，多数英国音乐机构统一到了 439 赫兹。

19 世纪末，美国出了一位有影响的工程师和发明家富勒（Levi Fuller），他在管风琴公司工作过，对音叉制造极为内行，申请过很多专利，后来还当上州长。1891 到 1892 年，他是钢琴制造商协会专门负责音高的委员会秘书。他跟麻省理工学院的科学家合作，用测拍音的办法，检测了当时很多音叉，深感当时波士顿的钢琴制造，音高不准是个大问题。这几个美国人，没有欧洲人那么多政治顾虑，直接寻求科学和工业上最实际可行的办法——他们也意识到这还是离不开"人"和社会的因素。富勒收集了大量数据，展示了目前音叉制造的混乱。这样一来，重整音叉生产是首要任务。钢制的音叉需要时间，富勒克服了许多困难，分批从欧洲订了两千多个，结果发现因为海上航行中受湿气影响，音叉都生锈了！吃了教训，富勒决定用欧洲的样本，开始在波士顿自己制造音叉。当时，他用的还是法国标准，而且折腾了半天，还是钢琴、管风琴制造商容易被说服，木管仍处于"没门"的僵持状态。

1918 年一战之后，美国觉得自己在方方面面都可以施加更大影响力，此时440赫兹的标准音悄悄出现了。其实它早已存在，并以声学研究的鼻祖德国人亥姆霍兹命名，在美国被称为"德国标准"。其实"赫兹"本身也是个德国物理学家的名字，他的博士论文正是在亥姆霍兹指导下做的，德国物理学的成就可见一斑。以两国当时彼此的敌意，美国人接受德国音高实在不可能。但美国音乐有蓝调、拉格泰姆、爵士等等本土流行乐，业余音乐活动也格外多，话语权越来越重，也就容易偏向较高的音高。当年谁能想到，欧洲折腾了半个世纪的音高标准化，最终会倒向440？有个打击乐器制造商迪根（John Deagan），是当时美国音乐家协会主要人物之一，他跟富勒有几分相像，都申请过专利。迪根最有名的发明是"大教堂铃铛"，一系列印尼加美兰风格的铃铛，又有教堂风格，在剧院里大受欢迎。两人都不甘遵从欧洲标准，想创立美国影响下的音高标准化。此时正逢打击乐大发展，迪根强烈倾向440（也许只是个人口味，特别推崇亥姆霍兹），偏巧自己处在一个有影响力的位置。简单地说，几乎完全出于商业目的，他想推行这个标准，占领欧洲市场。他肯定面对了很多争论（钢琴管风琴制造商会格外不服气），而他的证据中包括，铜管乐器在15摄氏度下调出的435赫兹，温度略高就会抵达440赫兹。

就这样，有了当时较先进的制造能力加持，加上新兴音乐的拥护，一个连富勒都没做成的不可能任务，似乎在迪根这里真的实现了，也许是他的人脉和影响力把各门类乐器的制造商、音乐协会都拉拢了过来，并且正好赶上当时音叉制造、乐器制造能力的提升。结果是，新标准推行得远比几十年前的法国标准快。这是二战之前的美国。

1939年，在欧洲政局动荡的状态中，一个大会在伦敦召开，最终英法德意等国一致同意用440赫兹作为音乐会标准音高，也算一个小小的、团结的结果，甚至可以说是一个奇迹。这也是个广播、电话逐渐普及的时代，声音、音高的标准化已经不是选择，而是必须了。不过，直到50年代，440赫兹已成事实，但仍然有法国音乐家倔强地反对它，比如曾获罗马大奖的作曲家迪索（Robert Dussaut），他拉起一个阵营来反抗"对美国和纳粹的妥协"。迪索属于保守派，鼓吹的是432赫兹，立志要维护"一个正在消失的世界"，这在法国引起了不少共鸣。但后验地看，这种需求仍然显得孤立。

《为世界调音》（*Tuning the World*）这本书详细记录了这段历史。作者说见过网上很多阴谋论，说440赫兹是"纳粹频率"，然而拨开史实，首先这是19世纪科学家亥姆霍兹提出来的，真正推行开来则主要是美国人的功劳。

1955年，标准音高之争基本尘埃落定，440进了国际标准。有一个冷知识：英国坚持多年的439赫兹终于进入历史，除了标准化，还有个重要原因：439是个质数，跟别的数字（比如百万）没有公约数，很难通过百万乘除一些来转换出来。每天，BBC广播都是以440赫兹的信号开始的。

大家也都承认，440赫兹主要限于欧洲传统音乐，对其他音乐流派不必一网打尽，因为人类就是有着如此顽强多样性的物种，毕竟法国大革命时期的"米制"，花了一百年才在法国被广泛应用。结果在标准音高的既成事实面前，小众音乐家们反而理直气壮地另觅出路，哪怕是在欧洲音乐范畴之内。古乐大师哈农库特就提出，巴洛克音乐应该用415赫兹为基准音。而我听较本真的巴洛克音乐会，虽然听不出绝对音高，都感到低得匪夷所思，大提琴的低音简直坠入深渊，打捞不出音符。

三

在电子和应用程序的年代，音叉的调音功能可以被取代了，现在它的用处，基本是留在中学物理课堂。也就是说，它并不一定为了调音用，本身可以按各种频率定制，用在物理实验室，这一点科学家早就发现了。上文提到的，最早鼓吹标准音高之一的19世纪科学家利萨茹就是个使用音叉的大师，他用磨亮的玻璃片充当小镜子，固定在音叉一端，这样加强反射，可以对振动观察得更清楚。音叉还可以多个合作，比如两个互相垂直摆放振动，最后就能画出合成的正弦振动轨迹。

音叉有此神效，本质上是因为声音跟时间有着永恒的联系。音叉总是具有已知频率下的稳定振动，故可兼任极佳的计时器，还能留下运动痕迹。众所周知，在一个还没有精密仪器的时代，要想算出极快极短的运动时间是多么艰难。这种运动的例子之一，是动物（包括人）的肌肉收缩。聪明的科学家在音叉上固定了能留下痕迹的细针，就能初步画出图，显示一次肌肉收缩到底用了多长时间。

而动物如何"动"，在欧洲历史上是对生命的终极追问。曾经，人们一直认为动物的感知、运动都是通过一种"生命之力"来传导，跟灵魂一样根本。直到18世纪，才有人想到神经传导、肌肉运动可能是通过振动来传播的。渐渐地，医生积累了更多的认知，"振动是神经传导的主要途径"之说被广为接受。在18世纪末，科学家知道了肌肉收缩会在体内产生电流。

1780年，意大利科学家伽伐尼（Luigi Galvani, 1737—1798）用电流刺激青蛙腿，发现能让它抽搐。后来，音叉被用来测人的神经传导，成为早期神经科学时代笨拙然而有意义的"斧子镰刀"。19世纪上半叶，物理学家已经在自己耳朵上实验过：在两只耳朵上连通电池两极，让电流刺激听觉神经，这种不规律的传导，果然让耳朵感觉能嘶嘶的"声音"。而这到底是怎样的声音，频率有多快？音叉之动虽然是机械振动，但可不可以用在测量这种神经传导的电流上？亥姆霍兹既然已有划时代的大发现，更大的脑洞是免不了。他设计了一个用磁力产生振动的音叉，其振动让水银产生电流，再想法让音叉振动留下图形，就可以推算出神经传导的速度。现代科学家在肌电图（EMG）的帮助下，能准确测出肌肉收缩频率的范围（一般在80赫兹之下）。但这个频率恰在人耳能辨别的范围（20—20000赫兹）的低端，所以肌肉收缩的电活动需要在放大后才能被人耳听到。这正是亥姆霍兹梦想，可惜没有如愿的。

音叉跟神经的相互作用还不止于此。19世纪，医学上有一桩奇案，就是两个巴黎医生的病人，据说是被音叉振动触发了强直性昏厥："病人们坐在音叉共鸣盒旁边，音叉振动频率是64赫兹。不一会，几个病人都失去知觉，眼睛发直，身体僵硬。"今天看来，诊断大可商榷，但这确实是声音（振动频率）和精神健康较早的一次联系记录。

如今，现代研究者在史料中大概找找，人脑、精神健康和音乐（振动）的联系越来越多。仅从欧洲文化来说，英、德、法语言中，文人中用"振动""共振"等词语来形容感受也越来越常见，随手就可以翻到柯勒律治的《风神竖琴》，舒伯特艺术歌曲中的歌词更不计其数。今人觉得这些多愁善感的浪漫派诗人充满陈腐自恋，可是当年这些词语果然来自物理学，而且这些诗人还真是被草创时的"脑科学"吸引（由物理振动引申到大脑中什么弦被拨响）。同理，中文的"共振"也来自于此。不过有趣的是，另一个相近的词，原本英语的共鸣（resonance）的来源却是拉丁文的"回响"，跟振动没有直接关系。原来人们有了对振动的认识，语言也微妙升级。更神奇的是，21世纪，居然有人发明了一种"音叉疗法"，还出了不少书，鼓吹不同频率的音叉能激发不同的神经振动，甚至能修复DNA，号称"振动之禅"。人类"玩坏"振动可见一斑，而语言的陷阱之中，自有伪科学青葱般生长。

上面说过，按一些科学史学者的总结，节拍器、音叉和汽笛是两百年里科学量化和音乐交集的重要结晶，而其中的两项，音叉和汽笛，都和亥姆赫兹相关，也和另一位重要人物，德国（当时是普鲁士）物理学家柯尼希（Rudolph Koenig，1832—1901）有关。此人正业是商人，十九岁去了巴黎，给小提琴匠做学徒，后来另起炉灶。当时科学家对音叉的应用，主要是利用它快速振动并留痕这一点，总是先由听觉来辨别振动，最后想办法将它可视化。既然如此，这个思路还可以走得更远，用不用音叉并不重要。柯尼希后来发明了更多设备，比如一种"感应焰"，人用嘴吹音管，激发某个频率的共振器，而共振器做成洞型，里面点火，光照到旋转的镜子上，让某个音频在镜子上照出一条线。这样一来，声音还是声音，但被"分频"显示在镜子上，这就是可视化。就这样，柯尼希从音叉开始，不断找到解析声音之途。他终身未婚，多年来在巴黎的小作坊中，专注于他的声音实验仪器，设计各种测量方式，追逐声音振动"轨迹"。

当亥姆霍兹执着于听见"神经传导"的声音的时候，柯尼希帮他做出一米多长的音叉，还有滑杆控制有效长度，可以测出 32 到 50 赫兹，于是肌肉运动真有可能被听到。这是 20 世纪初，几十年间，神经冲动的传导才一点点被揭秘。

此时，欧洲还在为了"大一统"的调音音叉面红耳赤。实验室里的音叉则在一个平行世界里默默进化，两者几乎一样艰难和缓慢。

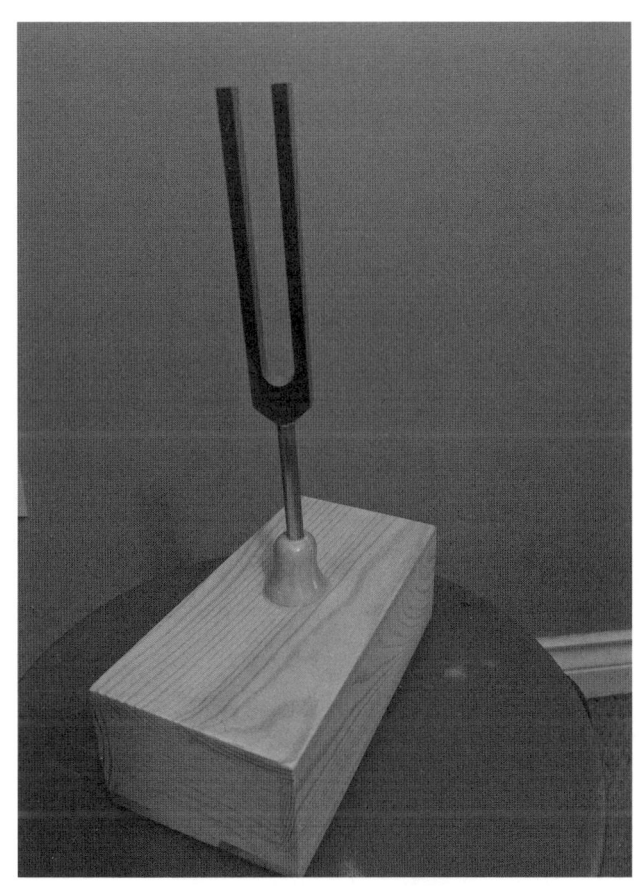

作者自己家中的音叉，插在共鸣盒上

参考文献

1. Myles Jackson, *From Scientific Instruments to Musical Instruments: The Tuning Fork, the Metronome, and the Siren*, The Oxford Handbook of Sound Studies (2012).
2. Fanny Gribenski, *Tuning the World: The Rise of 440 Hertz in Music, Science, and Politics, 1859–1955*, University of Chicago Press (2023).
3. Peter Pesic, *Sounding Bodies: Music and the Making of Biomedical Science*, The MIT Press (2022).
4. Fritjof Capra, *The Tao of Physics: An Exploration of the Parallels between Modern Physics and Eastern Mysticism*, Shambhala Publications (1975).
5. Leonard Slein, *Art & Physics: Parallel Visions in Space, Time, and Light*, Harper Collins (1993).

管风琴和教堂的前世今生

一

研究管风琴最著名的权威之一威廉姆斯（Peter Williams）写过一本小书《乐器之王：教堂怎样开始拥有管风琴》（*The King of Instruments: How Churches Came to Have Organs*），与其说是讲 How，不如说是"疑古"，指出今人认为管风琴天然为教堂服务，多半是对史料的误读。所疑之结论，部分来自他自己的旧作，多少年来关于"乐器之王"的起源，到底有几分可靠？并且，管风琴天然是为教堂而生的吗？

管风琴进入教堂并非必然，而是一个漫长曲折的过程，并且自始至终它也并没有进入所有教堂。即便在基督教中，始终拒绝它的教派也不少见（其中一部分是坚持完全人声，比如 19 世纪才出现的教派 Free Presbyterian Church of Scotland）。而拜占庭帝国曾经在管风琴发展史上占有重要一页，但后来的大部分东正教尤其是斯拉夫国家都拒绝了管风琴（一说是认为管风琴过于"异教"），或者说教堂根本不欢迎几乎任何乐器，除了人声。所以，音乐大国俄罗斯、波兰、匈牙利等等虽然19世纪以后都有了作为乐器的管风琴，但都没有过悠久的教堂管风琴传统——如果有，那么今天的管风琴文化中说不定会包括一个威武的"俄罗斯学派"，不知会把管风琴文化推向何方呢。

关于早期管风琴，一般读者接受的叙事是，公元前3世纪，古希腊工程师克特西比乌斯（Ktesibios）设计了这样一个水力琴，它甚至有键盘和多个管列。这台琴的一些技术细节，有的文献写得活灵活现，比如古希腊的希罗（Hero of Alexandria）。其著作就叫《克特西比乌斯》，记录了克特西比乌斯的几种重要发明。关于这台水力琴，按希罗的记述，键盘、音管和风源俱全，甚至克特西比乌斯的妻子是史上第一位"管风琴家"！

疑古派威廉姆斯则说，有人按照留下来的记载试着复制，始终未成功；并且这样的记述极不可靠，因为除了这样一个"从天而降"的所谓水力管风琴，没有任何相关的部件的记载。比如木头琴台，木匠手艺，木工费用等等。罗马时期，水力琴似乎衰落了，用风箱来鼓风的琴在东罗马逐渐兴起。拜占庭时期，管风琴用于婚礼、庆典、外交等等场合，外表也越来越酷炫。不过直到这个时候，今人都不确定它只是能发出特别吵的声音，或者用作"惊堂木"，喝令"大家静一静"，还是真能演奏旋律——在当时的场合，也许这不重要。到了4

世纪，才有了"管风琴与乐队"，也就是多种乐器和管风琴合奏的文字记载，管风琴在宫廷里出镜的场合也越来越多，但5世纪后，和许多西欧文明成果一起，从史料里消失了，倒是阿拉伯世界保存了它，比如目前有9世纪伊斯兰教哈里发穆克塔迪尔一世时期关于水力琴的记载。

757年，拜占庭皇帝（东罗马帝国康斯坦丁五世）送了一台管风琴作为一个新奇的礼物送给法兰克国王丕平（在此之前两方已有往来，比如丕平请西罗马遣送一些神职人员来指导），自此这个东西就在西欧有了更多记载。不过如果我们从11世纪的角度去看，更可能为它设计出狂欢节和剧院的用途。但如果它为教堂所用并且成为教堂专用乐器，教堂应有记载存世，然而并没有。威廉姆斯认为，最大的可能就是，管风琴存在，但可能是一个教堂内外都随意使用的普通物件，并不特殊。此时的管风琴很可能还没有键盘，是用滑杆（连通或阻止某些音管）来获得不同音高的。那么管风琴何时正式进入教堂？一说是东罗马帝国的维达教宗（Pope Vitalian）将教堂合唱标准化，并且引入了管风琴。这是文艺复兴时期的人文主义哲学家普拉蒂纳（Bartolomeo Platina）在《教宗的生活》中所记述的，但原文只是"批准了管风琴的使用"，有可能是帮助合唱者练习。威廉姆斯说，organum一词，本来就有可能指代合唱（甚至就是拉丁文中的 organicis，也就是经过教堂规范的音阶中的音乐），所以不一定是指管风琴这种乐器。

10世纪后，关于管风琴在教堂中的记载才渐渐多起来。即便如此，威廉姆斯认为，10世纪晚期，几处英国修道院的史料仍然只证明管风琴作为礼拜乐器而存在。原本教堂拒绝任何乐器，但因为当时受势力较大、偏爱音乐的本笃会（Benedictine Order）影响，乐器渐渐被教堂接受。后来，本笃会分化出一支克吕尼修道院（Cluniac），从法国发展到英国、意大利、西班牙等国，一度仪式奢华，也拥有比较高的工程成就，即便如此，克吕尼修道院仍未有文件记载管风琴在礼拜中的应用，仍只有含糊的 organum 一词。11世纪后，管风琴作为礼拜乐器的确定描述终于浮出水面，并且不再是孤例。再过二百年，连制琴的系统方法都有流传。情况当然因地区而异，比如英国有些地区10世纪就有了管风琴的记载，却没有11世纪的；飘忽不定的管风琴记录，可能又在两百年后出现。威廉姆斯对12世纪巴黎圣母院管风琴的记载就提出质疑。他说，能够作为管风琴真正存在并用于礼拜的证据，始于1332年。之前的记载，只能说明管风琴曾经在节日的时候当作大嗓门礼炮来用。威廉姆斯提到但丁的《神曲》中倒是用到 organi 一词（organi / organa / organum 都是早期文献中指代管

威廉姆斯此书的封面，倒清楚地绘出了早期管风琴的演奏情景：左为鼓风者，右为弹奏者，中间有音管。

管风琴和教堂的前世今生

风琴的词语，但 organum 也常指多声部合唱甚至合奏），也确认了管风琴与合唱同时出现，尽管不一定是仪式化的管风琴伴奏。而在 14 世纪留下的一些绘图中，管风琴已经有了真正意义上的键盘。

至于这个时期里，管风琴在教堂中置于何处？情况不一，威廉姆斯提出几种可能，比如在教堂后院，也可能在某个圣人遗骨的附近，反正都不宜搬动。

即便在管风琴缓慢被教堂接受之后，各教派内部的争论也没停过，欢迎管风琴的，认为它是和谐的象征，但这还远远不够说服众人。15 世纪，教堂里渐渐出现一些说法，证明基督教中的一些圣人们也用过类似的乐器。比如 3 世纪的圣则济利亚，留下的晚祷词中有 organa 一词。几百年里，欧洲留下很多"圣则济利亚演奏管风琴"的油画，这在今天的学者眼里当然都不可推敲。圣则济利亚从未演奏过任何乐器，甚至可能跟音乐没有关系。

总之，中世纪对音乐记载较少，跟音乐相关词汇的含义都不确定；管风琴本身或有传奇，惜今人讲不出故事，仅这一点大家有共识。威廉姆斯的疑古本身，也有可疑之处。此外，他只讲了早期教堂，并没包括宗教改革之后，加尔文等等新教派对管风琴的革除，即便荷兰这样拥有古老丰富管风琴传统的国家，在 16—17 世纪间，虽然管风琴仍然在世俗生活中存在（因为是公共财产，部分幸免于难），但管风琴礼拜音乐的血脉竟然差点断绝；伊丽莎白女王时代的英国，则几乎失去了全部对管风琴的记述。

读了威廉姆斯的书，我不由想，如果意大利作家埃科在世，大约可以根据管风琴的线索再写一部充满阴谋和神秘主义的《傅科摆》了，甚至如果夸大一些历史事件再添加枝叶，能形成一部《玫瑰的名字》——许许多多的历史悠久之物，还不都如此，和教堂、信仰以及无数建筑、工程、人事、财政和个人骄傲纠缠在一起的松散叙事，只要有人构建联系，总有圆润或者血腥的故事呼之欲出；如果没有，它可能就停留在案例研究之中，偶尔成为别的叙事的背景。

二

从今天的角度看，早期 organa 可能就是一只不用嘴吹气的管乐器。后人之所以把它当作管风琴的祖先，无非是"持续供风"外加格外响亮这一点。至于如今装在教堂、音乐厅里那种拥有万只音管、四排键盘的庞然大物，两者是否有同一祖先都很难确认。而如今这个有手脚键盘的管风琴，手脚键盘各自从何而来，都没有定论。当然，如果不是后来那个写进历史的辉煌管风琴，那个古希腊、古罗马、拜占庭时代中的小小

organon 或者 organum，现在都未必有人会追溯和提起。人总会有一种讲故事的需求，对一个历史物件总恨不得原原本本地把它从起源（或者更奇妙的，发明者）写成一个线性的叙事，尤其是读者的注意力必须抓住一个有名有姓的"主人公"才能聚焦。有本书叫《发明发明家》(Inventing Inventors in Renaissance Europe)，题目就颇有意思，讲的是文艺复兴时期的意大利人文主义者乌尔比诺的波利多尔·弗吉尔（Polydore Vergil of Urbino）详细记录诸多新奇事物的发明者。题为"发明发明家"，不是意指他编造，而是这种观察角度——作为唯一、第一个的个人开始收获"职称"和光环了，叙事也开始成型，也成了习惯，之后追寻"发明计算机的人""发明钢琴的人"都成了挡不住的需求。

历史上每一种乐器都可以写成一部书，因为一定涉及许多人、市场、作品以及历史机缘，那些进入主流的乐器更是多种叙事暗流涌动，这还不包括可能发生而未发生的故事。按"另类历史"的想法去看，假如管风琴从来没进过教堂，那会怎么样？它可能已经消失了，可能变身成为很小很轻便的野生存在，可能跟完全不同的音乐发生关系（而不是巴赫等人），它在历史上也不会吸收那么多的财政人力资源，成为一方教区里的重要象征，代表最先进的工程成就。历史上，教堂被毁之后往往会重建，因为它在当地有这么一种凝聚力，管风琴也一样。这样说来，假如它没有演变为纯粹的管乐器而仍然用键盘操作的话，它可能渐渐演化成羽管键琴的同类。音管没有空间不好放置，那它要么等来音乐厅这个怪物，要么不期待很低的音高，而是谦卑地成为一人操作，边吹边弹的室内伴奏乐器。而没有管风琴的教堂，也可能是另外一种样子。威廉姆斯就提到，历史上的修道院、教会为了容纳管风琴而改建并不罕见。而在管风琴成为一些教堂标配的年代，为安放管风琴，各教会因地制宜、大显神通，仅就温彻斯特的教堂而言，琴装在顶楼、中部、中殿不一而足，各台琴内部，管列的排列布局也千差万别（音管的布局和安装也会影响到声音校准），至今仍然如此。又因为管风琴内部硬件兼容性差，有时要加个脚键盘就得改造整个琴。

三

最终教堂选择管风琴成为定局，也有一定的技术因素。管风琴有多个音管，又可以无限增加，是音量最大的乐器，但还有一个重要因素，就是低音，因为教堂需要这种触及身体（也可以说是灵魂）的感动。

说到低音，对比其他乐器，比如钢琴是击弦乐器，它的低音可以用琴弦长度和琴弦粗细、材质共同实现，提琴家族亦然。但管乐器只有空气可以去振动，大部分时候只能老老实实靠管子长度来设置音高——圆号之类的乐器还可以靠演奏者改变嘴唇形状等等手段来辅助控制，但这在固定的管风琴上就不行了。不过，如果音管能使用的只有气体，而气体的特性可以改变声音传播速度，那么管风琴可以用不同种类的气体吗？理论上还真可以。就拿一件用途更广阔的乐器——人声来说，有人吸了氢气就可以提高音高，可见低密度空气能提升振动频率——同理，吸入高密度气体会降低音高，不幸大部分这种气体都有毒性，不要说人不能吸，供给管风琴也太昂贵和危险了。所以我们就有了魔鬼般巨大的管风琴来支撑教堂的空间，但它"呼吸"的是正常空气，不是水或者其他介质，也不需要人对嘴去吹。

音管的基本发音原理如下图，空气分子在管内左右移动，密集点显示分子在此振幅较小，稀疏的点显示分子在此振幅较大。它显示出周期性，因为声波是周期性的。

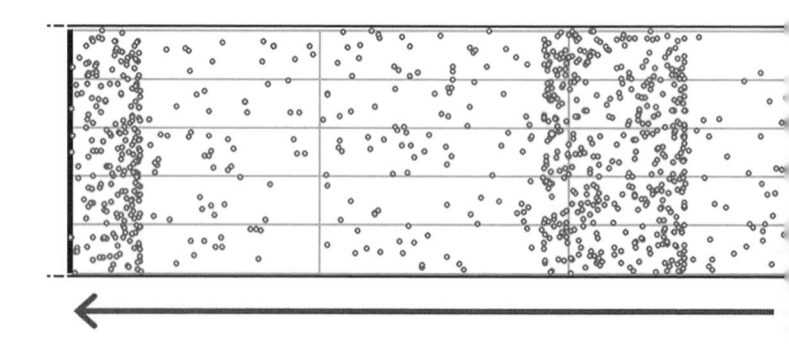

众所周知，管风琴形态多样，一般是两三个手键盘外加一个脚键盘。脚键盘一般演奏较低的音。总的来说，管风琴的手键盘比钢琴短得多，一般只有56个键，脚键盘音只有两到两个半八度，但足够主流曲目用，偶有超出，理论上可以用增减八度的音栓来实现。管风琴上跟钢琴相对应的音高，最长的音管约8码（1码约为0.3米），所以一般把这类音栓归为"8码"。还有一批16码音栓，因为长度加倍，音高对应低八度，可以让"大字组"发出"大字一组"的音高。不过16码音栓的主要作用不是改变音高，而是跟8码音栓共同使用，在原音高基础上增加低音，比如一个大字组的音用它的"本音"再加上大字一组的音，让音乐更深沉——16码音栓产生的浑厚低音是能跟人的胸腔共鸣的，这在物理学上有依据，人们凭经验也早就弄明白了。从15世纪的瑞士到16世纪的荷兰、南德、南法教堂中，16码音栓已有记载。至今，典型的传统管风琴音乐（无论是礼

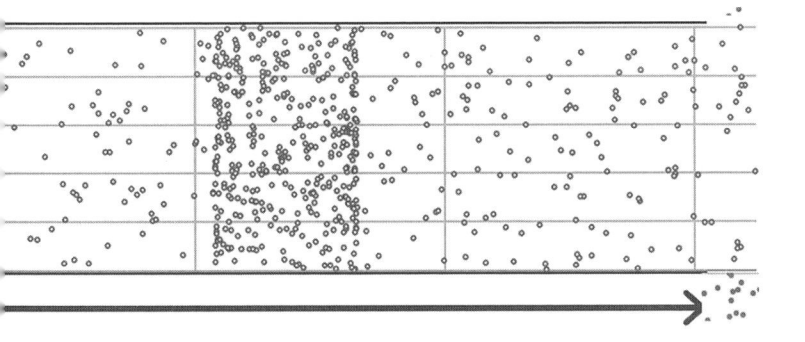

拜赞美诗还是已经音乐厅化、世俗化的巴赫音乐）有三行乐谱，最低的一行也就是脚键盘，在选择音栓的时候，默认要包括16码音栓，尤其是教堂礼拜音乐。我记得一位管风琴家就这样简单地说：不用16码音栓，弹管风琴干什么呢？

所以，低音管长，高音管短，高音不太占空间（我家中就收藏了一系列小小的高音音管），但低音有较大的波长，需要很长的管子。在电子乐器出现之前，巨大的空间是管风琴的"刚需"。人耳能听到的声音频率范围在20—20000赫兹，对应波长就是17毫米到17米之间，而管风琴上目前所知（但极少用）最长音管为64码，也就是19米左右，已经是听觉极限，这样的音管全世界只有两台琴有。一般教堂管风琴的标配，最长音管是16码（不到5米）。32码，对多数教堂来说已经是可望而不可即，但有人发明了一种"作弊"的方式，就是堵住音管的一端，这样人为加倍了管内的波长，就能让声音低八度。但因为改变了声波形态，音色也会有变化。要想让音色保持不变，需加入另一系列音管，这样看来，如果想获得理想的音高和音色，教堂不需要那种高度，但还是需要增加音管，这当然又是一种取舍，也有可能教堂不在乎音色的扭曲，索性把它当作一种新音色了。

如下两图是音管发音的示意，上图是一端堵住的音管，下图是两端都自由振动的音管（两者的区分在于，上图音管的底部，波形收缩成节点）。它们的声波形态是不同的，上图的几个系列中，音管相当于 0.25 个波长，0.75 个波长，1.25 波长，1.75 波长。同样的音管，同样数量的系列，下图显示两端打开后，音管相当于 0.5 个波长，1 个波长，1.25 个波长，2 个波长。真实世界里，声音是许多波形叠加的结果，但最起作用的基音，是系列中的第一个波形，这样一来，堵住一端的音管，音高就减半了。

这些示意图是如何等同管风琴音管的呢？大家通

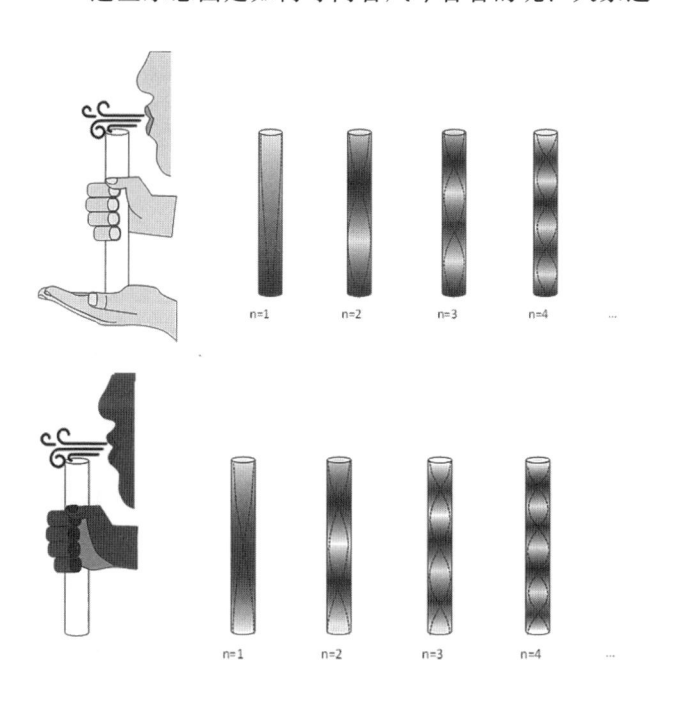

常见到的笛管（没有簧片，只靠气流的一类音管），有这样的管嘴（下图中细开口），而气流就是这样从鼓风机沿管子方向从底端吹进管子，但从管嘴横向流出，相当于上图人嘴吹气，音管上半截才是真正的振动、发音部位。

堵住一端，强制声波波长加倍，确实能实现音高减半的目的，只是因为声波形态的改变，音色也会改变，所以这类音管都会特别注明。虽然音高理论上仅仅取决于音管长度，但音管任何参数的改变，都会引起音色的变化，比如直径和管长的比例，音管壁厚，材料，音管是方形还是圆柱形，有没有支持物等等，所以对管口因地制宜的修正，总是需要很多时间，而教堂和管风琴的关系，仍然相当"前工业"，依赖人力和经验。

想想看，管风琴作为一种响亮、华丽的乐器，有的文化吸收它进入教堂礼拜,也有的文化却因此拒绝了它。选择了它的教堂,也让它演变得越来越适合教堂,终于形成一种跟教堂不可分离的印象。传承了几代,人就不大可能记得"初心"了,阴差阳错也会将错就错。传统形成之后,管风琴跟某些教派密不可分,成为其 identity 的一部分,也会更加拒其他教派于千里之外。最后,各种渊源中的管风琴,还是交汇在音乐厅里。历史,无非是道路多歧的讲法。

四

乐器演奏,既是音乐也是体育,必然包括对身体机能的扩展,也都有炫技的暗示。而管风琴的演奏,从表面看,最炫的是手脚并用,但这其实并非管风琴的必然。没有脚键盘的管风琴,古今都有很多,比如英国、意大利、法国、西班牙等等,即便在18世纪的黄金时代,很多地区管风琴的脚键盘上的演奏也不太活跃,顶多弹几个低音。而用脚键盘来演奏低音、或者说第三行乐谱要读出16码音栓的默认值,都是文化产物,正好赶上了北德意志地区包括巴赫在内的几代技术控,顺便发扬光大。《巴赫之足》(*Bach's Feet: The Organ Pedals in European Culture*)中有一章叫作《发明管风琴家的双脚》(Inventing the Organist's Feet),invent 一词精准,人体功能来自生理能力，最终形成于文化之中。本来不以炫技为目标的教堂管风琴，悄悄地以技艺的方式存在并且无可替代（虽然管风琴和钢琴手指的触键就大不相同，但脚键盘的存在是更理直气壮的宣言，钢琴家不能轻易声称"彼可取之代也"），传统的教堂管风琴家，直到今天还兼任音乐指导，管风琴是实实在在地扎根在教堂生活中了。

那么，在教堂生活衰落的地方，管风琴传统也会随之衰落。仅就加拿大而言，用喧闹的电声乐器取代管风琴的风气，早已席卷许多教会。而仍然使用管风琴的教会，往往是因为正好有台琴，既成事实也就顺其自然。教堂新购管风琴，已经少之又少，如果有琴出现，多半是厂家或者个人因故捐赠。渐渐离开社区生活，现今倚靠的是已经大受冲击的教堂传统，那么管风琴还能存在几代？能不能给它找个新家？我也在问这个问题。曾经，北美的溜冰场和剧院都吸收了管风琴，但这种用途太容易被电声取代，所以也并不是个牢固的家园。现在，条件较好的大中学校用管风琴为庆典仪式助兴，惜使用率奇低。很多人可能认为，音乐厅是现代管风琴的最终归宿，不幸的是漫长的新冠疫情又击打在它的痛点，也就是最不可替代的现场感之上。

倒是家用的电子练习琴，可以装上各种软件，也可以收集到古老、遥远管风琴的声音，更能使用多种调律，越来越有趣。尽管跟真正的音管管风琴相比，它总会被指责为塑料花，肯定缺少真正管风琴在空间中的微妙颤动感（其实现在的练习琴也在寻求这种功能），可是它也能轻易加入很多"真琴"所没有的东西，甚至能自成一派，可以成为演奏家、作曲家的试验田。

我最近把家中的电子练习琴更新成一台功能略好，但也并不算高档的琴（三个手键盘加一个脚键盘），发现它有个让人忍俊不禁的功能：能把应由脚演奏的旋律切换到手键盘。也就是说，没有认真练习过管风琴脚键盘的人不必担心了，用手来弹一样的！（这倒也罢，即便是"想当年"，没正经上过课的乡村管风琴家有的是，甚至如今在教堂里把管风琴当钢琴混的"管风琴家"也不鲜见，并且可以一混几十年），正经出身的管风琴家当然会不屑，不过这正宗/旁支，专业/业余之辨，也会流动不居。技术解构文化，背后是历史、社会心理的无尽谈资，在此不表。现代科技让人找到了替代品，扼杀了许多本来会存在的管风琴，于是中小教堂里的管风琴文化走向凋零，但另一环境下的另一群人却能借助技术把琴做得更好，音乐厅管风琴可以依靠计算机辅助设计，对效果的实验和改进立刻提升了速度，这都是早年管风琴家不能梦想的东西。

多年来，我总是抓住各种机会去看各派教堂和里面的管风琴，也见识了教堂政治、神父跟音乐家一言难尽的关系。教堂和管风琴，是否因为作茧自缚而剑走偏锋？会不会有一日壁垒逐渐融化，管风琴再无宗教世俗之隔？这个尴尬的问题让人难以面对。

2021年，万般艰难的新冠灾难之中，加拿大管风琴节和国际管风琴比赛靠众人捐款才顺利举行，倒也颇有收获。冠军是一位加拿大菲律宾裔小伙子Aaron Tan，尤为惊人的还不是他的许多比赛奖项和已经发行的管风琴CD，而是他已经拿到了密歇根大学材料科学的工程博士学位，并且还在做博士后，同时他也在教堂弹管风琴。在网上看到他的照片，有的是在实验室里穿着白大褂，有的则是在教堂里穿着神职人员的衣服弹琴。惊讶佩服之余，虽然知道Tan同学属于极少的个例之一，我还是感到这个事实似有几分隐喻意味，也颇为同情这位疯狂天才面临的多难选择，毕竟人生苦短。教堂与世俗，音乐与科学联姻固然好，但世上何来两全其美，更何况哪种人类活动在最高端不需全心投入呢？一个起点如此之高的人，很难没有瞄准顶峰的野心；而舍弃一端呢，内心岂无残缺之憾。

大道多歧，上帝不得不掷骰子。

参考文献

1. Peter Williams, *The King of Instruments: How Churches Came to Have Organs*, Society for Promoting Christian (1994).
2. Peter Williams and Barbara Owen, *The Organ*, w.w. Norton & Company, Incorporated (1997).
3. David Yearsley, *Bach's Feet: The Organ Pedals in European Culture*, Cambridge University Press (2013).
4. Catherine Atkinson, *Inventing Inventors in Renaissance Europe*, Mohr Siebeck (2009).

开普勒、音乐和玻璃球游戏

一

行刑者带着七十岁的卡塔琳娜·开普勒参观刑具：扎透身体的针，钳子，烙铁，分尸的工具，等等，然后给她描述巫婆被活活烧死的情景。这是她被审判的第五年，加上之前的被控，已经被折磨七年。卡塔琳娜被关在冰冷潮湿的监狱里，还被狱卒们一直勒索钱财，她坚持自己没什么罪好认的。她是个瘦小的老妇，日日受失眠困扰，苦不堪言，戴着手铐仍然倔强，"你们把我的筋一根根抽出来，我也没什么好招认的"。就因为给了邻居女孩子一杯"药酒"，她被告成女巫。"犯罪"过程有人信有人不信，但那没关系。烧死女巫的传统，从巴比伦时代就有，而这是个女巫奇多的时代，当年村里就有六个女人被告为女巫而杀死，过去，卡塔琳娜自己的姨妈就被当作巫婆烧死了。很多老太太因为一些人道听途说或者私怨就被定成女巫，还没上法庭就被人私下杀死。

这是1620年9月。四十九岁的约翰内斯·开普勒

开普勒、音乐和玻璃球游戏　　253

默默忍受煎熬，祷告这一切都快过去。最近他不停地奔走，动用全部人脉向议员求助。母亲跟他一样是聪明人，可是没受过教育，内心的能量似乎都发泄在古怪行为上。不负责的父亲早已离家出走，除了打枪以外一技不知，所以就参加了一场又一场的恶战——这是三十年战争中的欧洲，是充满仇恨和恐惧之地。这场审判仅仅是日常恐怖的一幕，参与迫害的都是周围邻里，毫不陌生。开普勒本人是"宫廷数学家"，别人奈何他不得，他的母亲就没有护身符。卡塔琳娜懂一些草药，常给人看病。治好了的时候是英雄，治不好的时候人们就会来问罪，这些恩怨加上她有些毒舌，就遭到这样的报复。

1571年，开普勒出生于德意志小镇维尔代施塔特（Weil der Stadt）。六岁的时候，妈妈拉着他的手，带他看了彗星。巧的是，之后改变他的人生也改变世界天文历史的另一位，丹麦人第谷也看了那场"彗星秀"。对星空的兴趣一直是开普勒生活的一部分。他从小在严格的教会学校长大，一直参加教堂合唱团，沉浸在学问和音乐中。那时的路德宗教会学校极为严格，十二岁的学生每天五点起床，拉丁、修辞、音乐、算术排得满满（恐怕比现在鸡娃的教育还严重），其中的佼佼者以后有望成为神职人员。

长大之后，开普勒在学校里教数学。他遇到的女子芭芭拉之前已经结婚两次，还卷入一些丑闻，最后带着一个小女儿嫁给开普勒，也带了一小笔钱，甚至还有土地，对开普勒有些帮助。芭芭拉其人充满基督徒的美德，但私下里并不可爱，尤其对开普勒的世界毫无兴趣，当然后人所知多为开普勒的一面之词。后来，她疾病缠身、孤僻、心情不好。开普勒默默忍耐，还要花时间帮她管理土地。"我躲在一边咬手指，尽量不跟她大吵。"

因为是路德教徒，开普勒在当地的"反宗教改革"中失去了教师的工作，就在这个最焦虑的时刻，天文学家第谷向他抛出橄榄枝，请他来做助手。两人曾经合作过，开普勒对数据的宏观把握让第谷印象很深。

丹麦贵族、天文学家（或者说当时的占星家）第谷自己是个大传奇。在那个没有天文望远镜的时代，他努力做出了最好的观测，并且记录得极为精确。看星星之外的生活也很丰富，跟人决斗，剑砍额头，鼻子削掉一块竟然没有感染致死——不然欧洲天文史不知会落得个什么形状。鼻伤好了以后，他用金银合金塑了一个假鼻子装上——这是为重要场合，不然就用一个"平装"，铜鼻子。假鼻子完全可以画成肉色，但他故意不，光亮闪闪的鼻子正是"枭雄"的标志。又不愧为性情中人，他后来跟决斗的那人成了莫逆。

话说开普勒接受了邀请，举家搬到布拉格。性格、经历、身份完全不同的两个人，就这样开始了一场奇特、困难并且谁都离不开谁的合作。两人都火暴脾气，各有骄傲。开普勒幼时患过天花，视力很差，不善观测（不过，他后来对光学和望远镜都做出了贡献）。此外，他心性谨慎、暗含自卑，跟豪气的"社牛"第谷十分不搭，并且他很讨厌第谷身边常见于达官贵人周围的奸佞之辈。可是第谷拥有的观测能力和长期积累的数据也是开普勒所没有的。

在第谷这里，渴望拿到数据的开普勒只能被"赏"一点点。"他拥有最好的观察力，只是不知道怎么用。"开普勒说。再加上开普勒主张日心说，而第谷自己有套体系，建立于托勒密的地心说之上。此时两人都还没有足够的事实支持，会从宗教角度站队。争吵自然是家常便饭。

在一场宴会上，据说第谷为了遵守礼仪，不在男爵之前离开，尿急也坐着不动，大约给憋坏了。再加上后来不禁饮食，各种剧痛、高烧、失眠接踵而至，终于死于尿道感染。第谷死后，开普勒终于将数据占为己有，手段正当与否大可讨论，不过无疑是天文大幸。这段故事在后代被讲得活灵活现，有人写出小说《天文学的阴谋》(*Heavenly Intrigue*)，俨然一个天文界之《阿玛多伊斯》(*Amadeus*)，萨里埃利和莫扎特的阴谋论。也有人说第谷真心把数据交付给他。临终之前，他反复念叨"不要让我的心血白费"，指的就是托付数据，也有人解读为，希望开普勒不要为了日心说而放弃第谷的模型。

这是1601年。现在开普勒要自谋出路了。他终于被第谷的恩主、哈布斯堡王朝的神圣罗马帝国皇帝鲁道夫二世任命为宫廷数学家，或者说"宫廷占星家"。话说鲁道夫二世是皇帝中的畸人，也可以说是半疯，家族有精神病史，他自己生活古怪极端，最终跟兄弟刀兵相见。他对当皇帝兴趣不大，而且十分"社恐"（所以才把宫廷从维也纳搬到清净的布拉格），倒是对炼金术、占星术以及各种神秘魔法下的功夫，让后人写出许多本书。但他惊人的宽容、爱智，所以布拉格吸引了当时欧洲的精英，当然也招来很多骗子。他为艺术砸钱，但比梅第奇家族运气略差，没有支持出传世艺术家。据说千里马常有而伯乐不常有，依我看两者都不常有，更难的是同时出现。虽然没有产生米开朗基罗，占星术和炼金术的"科研成果"更是让后人认不出来，但仅凭对第谷和开普勒的支持，鲁道夫对世界文明的贡献页可以永载史册。

当时布拉格的宗教氛围极浓，宫廷属于天主教，但对新教比较宽容，同时两方的争斗从未停止。鲁道夫已经宽容得接近异端，甚至后人说他没像布鲁诺那样被烧死，仅仅因为他是皇帝！然而这仍然是一个复杂、充满病态人格和炼金狂热的宫廷，开普勒就在这样的环境中小心翼翼求生存。不久，三十年战争开始了，布拉格陷入混战，开普勒曾经依赖的安宁环境化为乌有，他自己陷入深深的抑郁。在这段时间，开普勒还有两个小孩子夭亡，生活无法更加糟糕。第一次失去孩子，他指责妻子，两人的关系雪上加霜，妻子则整日哭泣，家庭一片绝望。在开普勒眼里，城中四处都是凶兆，他的日记中记载了一次次"血光"。这还不算，埋葬女儿的时候，他还被要求额外付一笔钱，就因为他是路德教徒。这又激发了他和反宗教改革势力无休止的矛盾。

就在这时，奇迹出现："帕杜瓦数学家"伽利略又来信了！十三年前，开普勒把得意的大著《宇宙的神秘》(*Mysterium Cosmographicum*) 送给了好几位闻达，也包括一位当时尚默默无闻的帕杜瓦数学家伽利略。伽利略兴奋地回复了长信，因为总算又遇到一位支持日心说的同仁。开普勒回了信，可是伽利略又有些害怕被人发现，就没再回信，沉默持续了十三年。

而此时的伽利略，已经做出来一个当时最先进的天文望远镜，记录了很多新发现，也已经成为那个树敌无数的公众人物伽利略。两人又兴奋地开始通信，彼此支持，虽然各种分歧仍然存在，比如伽利略是个实际的观察者，而开普勒从来没有放弃一套"宏大叙事"，总是坚信现象背后有"上帝的理由"。性格倨傲的伽利略赞美了他，但也有些害怕开普勒发现太多，对他的地位不利，并且伽利略当时也没有接受椭圆轨道的结论。两人的通信持续了一阵子，有所收获，但1611年之后永久地中止了。此时，城中杀戮不断，芭芭拉的病时好时坏，三个孩子也常常生病，开普勒焦头烂额。不久，妻子病逝。

为躲避种种口舌，开普勒搬到了奥地利的林茨，也就是从这里，他再婚了；他被驱逐出路德宗教会；本文开头所描述的，母亲卡塔琳娜的麻烦开始了。最终，手段用尽之后，又被拖延一段时间，卡塔琳娜获得了赦免。起诉她的人不甘心，要求她离开这个地方，永不露面。不久，卡塔琳娜在异乡去世。一个"女巫"的公案，就这样镶嵌在天文学的叙事里。愚昧、仇恨、混乱、凶险……永远是这个世界的一部分。

二

开普勒的终生都处在对贫困的恐惧之中。当时，贫困意味着离沦为奴隶只差一步。一方面为世俗生活牵肠挂肚，一方面无时无刻都在想着上帝所设计的星星的规律，他就一直过着这样的双面生活。在个人世界崩坏、家庭危机之中，他打起精神，去寻找对星体更精确的解释。这个奇怪的力量或许就来自他一贯的人格，也来自坚定的信念：上帝不会无缘无故地触发事件或者星体的存在，一切定有神的声音。

不仅执念于宇宙和谐完美的必然，还认为宇宙的规律跟人脑的创造一定是吻合的，所以他相信星体、几何、音乐等等必有联系。在尚无天文望远镜的当时，人们只知道六颗行星——水星、金星、地球、火星、木星和土星，开普勒也认为这是最终结果，而且定有终极原因。为此他设计了一个精致的模型，里面是几个正多面体嵌套，起因是他意识到土星和木星在黄道带的周期性合相，他认为正多边形将一个内接圆和一个外接圆以特定的比例联系起来，推测这可能是宇宙的几何基础。而几何学已经证明了，正多面体只有五种，那么这个多面体系列生成的内接、外接圆就构建出六大行星的轨道。这是1595年，他只有二十四岁，还在当教师。这个结论看上去太妙了，这些几何体和天体规律的秘密在向开普勒展开，他狂喜得眼泪都掉下来。后来，他还利用一次出访的机会，请求大公让金匠把这个嵌套几何体给打造出来。可惜请的金匠手艺不够，这个完美的金制宇宙模型不了了之。但它留在早期的大著《宇宙的神秘》中。

它很快就被证明是错的。

因为，第谷的数据怎么也对不上这六层行星的结构，尤其是火星轨道，离圆形极为接近，但就是差一点，十分烦恼。话说从亚里士多德开始，天文学家都相信行星的轨道是圆的，开普勒也不例外。数据对不上的

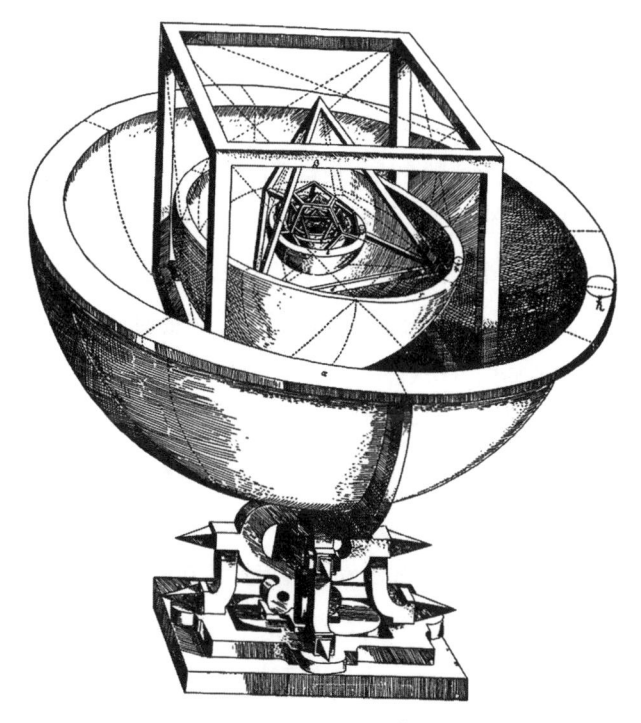

开普勒的模型

时候，人们想出来各种叠加的圆轨道。当时因为无法解释星球在某些时刻相对于地球向反方向运行，所以托勒密认为行星自有一个小圆轨道，一边绕地球转一边沿着自己的小轨道转，所以在地球上看，各个行星有不同的转向。这种解释的优势是，因为那个"小圆轨道"可以任意模拟，似乎总有一款能解释数据，缺点是越搞越复杂，各种圆形无穷叠加。而哥白尼的解释是，各个行星围绕太阳运转，某些行星后移是因为跟地球有速度差。但哥白尼仍然坚信轨道是圆的，所以一样陷入死胡同，日心说甚至不如地心说解释得圆满。开普勒相信轨道应该遵循简单的原则，所以他虽然没有真正想出行星之间的引力，但猜测它们可能是受力的，离太阳越远受力越小。单是这个猜测已经预示之后牛顿定律的可能。但开普勒没有好的数学工具（那要等到牛顿的时候），一切都是用原始的方法艰苦地算出来的。

1605 年，开普勒终于得出结论，太阳处在一个椭圆形的两个焦点之一，而行星就在椭圆轨道上，而非各循另外的小圆轨道。这是第一定律。不久，"太阳和运动着的行星的连线在相等时间内所扫过的面积相等"的第二定律也出来了。1609 年出版的《新天文学》（*Astronomia Nova*）一书发表了这两条定律。"十八个月前，第一道曙光击中了我；三个月前，另一道晨光；几天以前，阳光完完整整地揭示了世界。现在没有什么能拦住我了，我现在活在隐秘的狂喜中……我偷走了埃及的金碗[1]，为我的上帝装饰帐篷。如果你原谅我，我会很欢喜；如果你不原谅，我也会活下去——我立下誓言，我会写书，即使不为当下，也为未来……"开普勒给一位恩师的信中这样写。

---

[1]《圣经·出埃及记》中提到的金制器具。

1618年，第三定律来临。它揭示了行星和太阳之间的平均距离和运行周期之间的关系（他此时以所谓平均速度作为速度，但后发现不符合实验结果）。开普勒因此能用第谷的数据预测金星、水星凌日事件。不过在开普勒这里，天体还只是呈现出几何特性，后世的牛顿才用万有引力定律揭示了更深刻的秘密。"是开普勒的第三定律，而不是一只苹果，引导牛顿发现了万有引力定律。"NASA网站的开普勒页这样说。

《世界的和谐》(*Harmonices Mundi*)终于在1629年，也就是他去世的前一年出版，它包括了开普勒第三定律。而在讨论它的第五章之前，有一整章贡献给"算命"的占星学。这就是那个时代。

三

欧洲历史上，"音乐天文学"早有传统，各个时代、各类占星家都有自己的理论，把行星安排成音阶中的音符。柏拉图写过一本《蒂迈欧篇》，集音乐、数学、哲学等等学问大成。开普勒将之奉为圭臬，那个精巧的嵌套几何体（所谓一系列多面体有个名字，"柏拉图多面体"）就出于此念。对开普勒有大启发的还有伽利略的父亲伽利莱（Vincenzo Galilei，1520—1591）的书《关于古代音乐和近代音乐的对话》(*Dialogo della musica antica, et della moderna*），其中谈到了古希腊数学家毕达哥拉斯的理论。人们知道和声的弦长比有这样的规则：八度之间是2∶1，五度之间是3∶2，大三度是5∶4，等等，这些较小、较基本的数字原本就在文化中寓意富厚，如果有机会跟"宇宙秘密"相联系就更妙，跟开普勒所信的至简之道不谋而合。

于是他根据当时已知的几大行星和地球的距离，找到了它们各自和地球的"和弦"以及行星们之间的"音程"。这是他的一个表格：

行星	跟地球的距离比例	音程
月球	1	
太阳	2	八度
金星	3	五度
水星	4	四度
火星	8	八度
木星	9	主音
土星	27	八度 + 五度

此外，开普勒还有过许多版本的"行星和弦"，见于他多年来在托勒密的地心说和哥白尼的日心说之中不断探索的笔记。比如这两个（从上到下的音符依次代表水星，金星，地球，火星，木星和土星）：

今人皆知这些理论的命运。

开普勒会失望透顶吗？且慢，世间但凡有智性、有内在组织的事物，总会体现出一些联系甚至同构性，即便这些联系暂时进入死胡同。那么首先看看，为什么太阳系行星没有构成"音阶"？先不说它们之间的距离是否符合音乐中的弦长比，只说距离本身——因为各行星之间距离很远，所以它们之间的引力对轨道的作用，可以忽略不计，于是我们能这样说：这些行星并没有"音阶"的关系。然而在2015年，比利时科学家发现了超冷红矮星Trappist 1，之后又发现了七颗围绕它的行星。因为彼此距离极近，它们在引力平衡的情况下，果然形成了跟引力直接相关的，固定的轨道半径比，虽然不是音乐上的2∶1，3∶2等等，但它们是有理数，所以可以算是一种和弦了！

我猜，开普勒泉下有知，不仅会大笑，多半还会接受现代人对音乐的理解：所谓五度、三度，也无非是人的文化生理构建，并非宇宙定律。对了，有人真的把Trappist 1的比例投射到音阶上，写出了音乐呢。

2005年，德国音乐学家、钢琴家布鲁恩（Siglind Bruhn）出版了一本书，《世界的音乐秩序：开普勒，黑塞和欣德米特》(*The Musical Order of the World Kepler, Hesse, Hindemith*)，讲的是天文学家开普勒、现代作曲家欣德米特以开普勒为主人公的歌剧《世界的和谐》(*Die Harmonie der Welt*)和黑塞的小说《玻璃球游戏》，对这三人的选取颇为"脑洞大开"。这题材也是我感兴趣的，所以跟随她阅读了不少相关资料。开普勒那么坚信一种"完整"，星体与音符一定能对应，即便对应关系完全错了，这种完整也许没错。这就是本书的线索。

1951年，德国作曲家欣德米特写过一部以开普勒为内涵的标题交响曲《世界的和谐》。指挥大师富特文格勒大为赞赏，立刻把它收入自己的曲库。全曲分为《机器音乐》《人的音乐》和《世界音乐》三部分，标题就来自古罗马学者波爱修斯，分别指器乐/声乐、人的肉体和灵魂的和谐以及神创世界中的共鸣。

后来，交响曲扩充成五幕歌剧。兴德米特跟开普勒一样沉浸在数字、象征之中。比如开普勒为自己的良心辩护的时候，不止一次，作曲家居然引用了一小段巴赫的《赋格的艺术》中最后的B-A-C-H主题——欣德米特崇拜巴赫，在作品中暗指、引用巴赫是常事。剧中以开普勒的五个行星为人物，开普勒自己是地球，不得不绕着象征鲁道夫二世的太阳转，他的母亲卡塔琳娜是月亮。第一幕中，开普勒的生活是个双主题的赋格，一是对星球不懈地追寻和计算，一是个人生活中不断的焦虑和悲伤。作者布鲁恩说，这好比开普勒第一定律中的两个焦点。两个焦点之间遥不可及，但它们撑起椭圆形轨道。

剧中的开普勒有这样的墓志铭，"我丈量过天空，现在我将丈量大地的阴影"。他的身体把他束缚在大地、阴影和痛苦中，而他的思想属于宇宙之中的永恒之光，属于造物主的终极设计。布鲁恩指出，歌剧中这样的对位比比皆是，也根据开普勒的认识，有许多数字隐喻，连段落的长度比都有意思，比如赞美诗：赋格：帕萨卡利亚：混合：帕萨卡利亚的长度是 5∶8∶9∶3∶9，这正是巴赫甚喜的作曲手段，段落长度比成为隐秘的叙事。此外，5 这个数字在毕达哥拉斯体系中是"无理"的，它常常跟喜怒无常的鲁道夫皇帝和难以捉摸的开普勒母亲相联系。而开普勒被写进音乐的要点在于：他毕生都思考行星轨道，也固执地把轨道比例应用于音乐中的弦长数字比，虽然离谱，但这都是开普勒的一部分，没有它就没有开普勒执信的和谐宇宙和最终被破解的密码。剧中舞台上的行凶、死亡之外，每个人物都是悲哀的、残酷、野蛮或者荒唐，就连开普勒本人，也充满凡人弱点和错误，不是吗？

21 世纪倒有另一部关于开普勒的歌剧，就是菲利普·格拉斯作曲的《开普勒》，它正好以开普勒墓志铭"我丈量过天空，即将丈量大地的阴影"开场。格拉斯高度重复的音乐天然充满仪式感，风霜凛凛。而事关开普勒，总少不了几何的隐喻，格拉斯的舞台上，就悬挂着那个"柏拉图多面体"，那个曾经的人心中的微缩宇宙。第二幕中，悬挂于舞台中央的是一双注视之眼，看星空的执着之眼，地上的人在注视之下一片惶惶然，不知何从。

四

对现代读者来说，《玻璃球游戏》可能是一部太慢、说教太多的书。尽管它也有对青春吉光片羽的回顾，有对音乐幻想式的记录。那个一直躲闪着的游戏规则没有现身，据说是音乐、数学、历史的完美结合，也是各种智性的终极综合。玻璃球游戏听上去野心勃勃，属于精英中的精英，并且从不满足，一辈子都在完善他们精妙的艺术。那么它的规则到底是什么呢？黑塞并没有具体写，只类比了一些现成的活动，比如下棋，记忆游戏，还有管风琴演奏——它作为乐器正是工程成就的结晶，也是一人演奏多声部音乐的顶点。而管风琴音乐处在一个相对孤立的世界里，大约也和故事中的卡斯塔里有几分契合。除此之外，天文学家、古典学家、学者、音乐学生都可以应用自己行业的规则来玩这个游戏，它可以从一个巴赫赋格开始，也可以从莱布尼茨的一个句子开始。它不再仅仅是娱乐，它成了知识分子们的一种"身份意识"……

照布鲁恩的想法，卡斯塔里是哥白尼主义（Copernican）的一个隐喻。开普勒和克乃西特都有自己无休的叛逆和诘问，都回应各自的深厚传统。开普勒眼前的高山是哥白尼，克乃西特则是"游戏大师"Magister Ludi。卡斯特拉到底是个什么样的世界呢？这是个23世纪的城堡，里面的人衣食无忧（开普勒该多么羡慕！），它每年都有"玻璃球游戏大赛"，有美丽隆重（而无生气）的庆典，不过它没有女人，没有婚姻，没有现世的政治（但充满微妙紧张的人事），连艺术上的创造自由都禁止，此外可以想象的是，其中的大部分人都缺乏热情。而克乃西特冒天下大不韪，居然写了诗！诗中有死亡、梦魇、哲学家，还有巴赫的托卡塔。"这在卡斯塔里的世界里，是最荒唐、最不可能、被严禁的事！"

看上去，它影影绰绰地暗示一些现代的机制：古典音乐、古典文化、某些学术圈，等等等等，各有其茧房之中的悲哀和保守，但也有其孤立中的辉煌和理想，有光荣的过去。然而在传统文明高度成熟的今天，它面临破坏与困境。当年人类在辛苦挣扎中所获的创造和灵感，已经缩减成概念和规则。而卡斯塔里城堡中的灵与肉，只能交汇于克乃西特突然的死亡。他曾经是其中的异数，有叛逆、背离也有对它的赞美和奉献。"我们不乐意设想它们也会有朝一日终成遗迹。然而我们不得不想到这个问题。"克乃西特说过。

克乃西特的智性生活也充满辩论，"对一切人类精神创造成果之可疑性质，远在他研究并洞悉人类历史之前，便早早有了宇宙意识"。他也说过，如果整个世界就像卡斯塔里那样，是个秩序完美的精英学校，该有多好，生命该有多纯真美丽。而他从作为一个聪明的学生开始，历经怀疑、求真、醒悟，到追求思想与自然的和谐，之后却突然溺死。这是一本充满冥想和音乐的书，也是充满怀疑的书，所有的爱和信念都被审视，克乃西特自我辩论重重，实在无法原谅自己更无法和解，索性抛弃地位，选择一种"谦卑而诚实"的生活，可以更坦然地寻求两个世界的和谐。"克乃西特作为成熟的历史学家则必然能够更加清楚地认识到，倘若没有这种自私和本能的罪恶世界提供素材与活力也就不可能有什么历史，而诸如宗教团体这类崇高的组织也正是这种浊流的产物，它生于此，也会有朝一日淹没于此。"

历史上，在宗教、科学、艺术、人文的边缘中探求融合的人很多。莱布尼茨、黑格尔都算在内，布鲁恩这样说。谈到为什么把这三个人放到一起写，她认为：开普勒执着于上帝"单一"的律条，各种规律背后必有统一的原因；欣德米特和黑塞都身处20世纪的困惑和迷茫中，而黑塞特别着意于从东方智慧中求"道"。书中的克乃西特在成为克乃西特之前，有过好几次"转世"，都与印度神灵（有的皈依基督教）有关，最后才成为"游戏大师"。众所周知黑塞对印度文化、中国文化尤其是《易经》《吕氏春秋》都颇有心得，虽然那是个"黑塞版"的解读。最吸引他的，恐怕是东方文化中"天人合一"的思路。他暗示治疗20世纪"副刊文化"的药方，就是让灵魂和情绪重新耦合。

距离《玻璃球游戏》问世已经半个多世纪，黑塞"向东方智慧寻答案"的想法，不知有多少共鸣，能承载多远。而我能读到的仅仅是，灵与肉一直互相磨损，不堪重负；但它们偶尔也会互相激发，送人远行。人类沉重的生活，一再践行此道。

参考书目

1. Siglind Bruhn, *The Musical Order of the World Kepler; Hesse, Hindemith*, Pendragon Press (2005).
2. James A. Connor, *Kepler's Witch: An Astronomer's Discovery of Cosmic Order Amid Religious War, Political Intrigue, and the Heresy Trial of His Mother*, HarperOne (2005).

3. Bruce Stephenson, *The Music of the Heavens: Kepler's Harmonic Astronomy*, University of Princeton Press (2016).
4. Joshua Gilder, *Heavenly Intrigue: Johannes Kepler, Tycho Brahe, and the Murder Behind One of History's Greatest Scientific Discovery*, Anne-Lee Gilder, Doubleday (2004).
5. Peter Marshall, *The Magic Circle of Rudolf II: Alchemy and Astrology in Renaissance Prague*, Walker Books (2006).
6. https://www.nasa.gov/kepler/education/johannes.
7. 《玻璃球游戏》，赫尔曼·黑塞著，张佩芬译，上海译文出版社。

对位

一

我们会在面对死亡的战役中输掉，但必须学会优雅地撤退。

——肯尼科特

《复调：巴赫与生命之恸》是美国批评家肯尼科特（Philip Kennicott）的新书，也是一部音乐生活回忆录（后文对该书的引用均由我自己译出）。他是纽约人，耶鲁毕业后做了音乐、艺术杂志编辑，后来获得过普利策艺术批评奖，现在每月给《华盛顿邮报》写专栏，也写给《留声机》写乐评。他四五岁开始学钢琴，姐姐们拉小提琴，家里规矩极多，也常常鸡飞狗跳，乱成一团。书里回忆了曾经的美国古典音乐热，母亲严厉管教、打骂揪头发的"中产阶级琴童"生活，以及母亲压迫之下的矛盾、逃离、大爆发。当然，这是一本经过小心取舍的回忆录，比如关于父亲的叙事就基本缺席，话题也主要限于青春期的生活。

现在，肯尼科特早已将钢琴梦留在身后，音乐则是生活中偶然的伴侣。我在读了他这本书之后经常去看他的推特和给《邮报》写的文章，感觉能认出那个紧张敏锐的心灵。毕竟曾经是个认真学琴的人，音乐所经历的家庭生活、家人亡故，必然是对位：生命和青春是音乐的载体，而半生所求的古典音乐是执念，是回忆和遗忘。跟世上任何长久之事一样，它会路过死亡。回忆也充满对位：母亲的狂怒、任性、牺牲和温柔，还有最后日子里的绝望和疲惫。各个断片在时间中平移，构成流动的回忆。

从小到大，肯尼科特跟母亲一直有很多矛盾，母亲是个典型的 20 世纪 50 年代的美国女人，家庭观念强，不管自己是否喜欢生儿育女都主动拥抱家庭主妇角色。她曾经迷恋跳舞，但在那个年代美国极度保守的气氛中放弃了爱好，一直郁郁不欢；也爱音乐，拉琴多年，放弃了，后来似乎有意无意地把自己的"失败"怪到孩子头上。在肯尼科特的记述中，母亲可能多年郁积不宁和恨意，既渴望孩子们成功，又经常要在音乐上贬低和毁灭孩子。作为较传统的美国的一部分，她恨同性恋（但一定知道儿子是同性恋），家中从不讨论这些敏感而关系人生的事情。"如果我不把她彻底从我的生活中拔出，我一定会被痛苦撕成碎片。"肯尼科特这样写道。从家中逃离，就是他多年的梦想。

本来，钢琴、小提琴之类极传统艰难的乐器学习，就会贯穿童年和青春期，也会成为青春蜕变的一部分。这个过程里充满挣扎，假如孩子有选择的自由，最有可能的就是放弃。成年人常常忘记，青春期的大脑活得多么艰难，世上有多少东西需要去磨合，青少年面对的压力和责难何等沉重。至于音乐？"我不确定自己爱音乐，我常常恨它。""音乐让我们更容易受痛苦、怀旧和记忆的伤害。""音乐顶多让人从更痛苦的事情中转移注意力。"学习《哥德堡变奏曲》的过程，也贯穿了《对位》始终，或者说是那种纠结和煎熬，包括其中漫长的痛苦和小小的回报，音乐并不能带来多少快乐，但它是"自我"的重要反射，至少对眼下、时至今日的自我。这是多么痛的领悟。

二

"在美国，钢琴课作为一个文化现象，一直兴盛到80年代。"肯尼科特成长的时期，哪怕是城市周边的地区，都很难见到一个住宅里没有钢琴。从巴赫、贝多芬、车尔尼等人传下来的私人琴课这种仪式，就一星期一星期地塑造了美国小朋友的童年。教师和学生队伍都在不断扩大，师生关系有点古代师徒的意思，音乐和人生混在一起。当地的种种小比赛也越来越多，还有许多音乐俱乐部供人交流，音乐杂志、乐谱印刷等等周边产业也十分兴盛。音乐是社交的一部分，音乐师生社区是个庞大的群体，当然各小圈子有自己的风格，其中不乏有理想、爱学习的教师。但这跟巴赫时代，大家唱着教堂合唱长大，全面学习伴奏、作曲和演奏的世界，仍然是不同的天地。

终于有一天肯尼科特跟任何小男孩一样，开始叛逆，也越来越被音乐之外的世界吸引，想读书，看画。除此之外，他即便练琴，也逐渐失去自律，随意浪费时间：你可以对任何一个人实施的"暴行"（尤其对亲近的人），都可以实施在一首曲子上。巴赫的音乐尤其让你活活暴露出音乐习惯中每一个糟糕的弱点。我们面对一个自己喜欢的曲子，自以为活灵活现沉浸其中，其实充满稀里糊涂毫不自知的错误。这种情景一定发生在所有的业余学习者身上：在做客的邻居们面前卖弄一首，自己都知道漏洞百出，邻居当然听不出来，只会叫好，"我觉得自己是个骗子"。

就这样，钢琴学生们做了无休止的技术练习，包括"哈农"指法，以为技术变好，音乐自然就变好。本来这很可能成为事实，然而《哈农》一点也没强调倾听，结果在实操之中，反复的呆板练习却让人越来越不会听、不愿听，因为习惯和厌倦。"爱情可以就这样终结：当作任务花掉了巨额时间，但在情感上完全忽视。"直到上了大学,他才学会一边练琴,一边踏实地听和想,或者并不弹,先在脑子里默想。音乐重新开始,那个急躁慌乱、充满缺陷的自我也在更新。人生和音乐总有改变的希望,毕竟它们都没有终结。

其实,任何对练琴有着科学审视的人,都多少会关注神经科学对大脑、肌肉的研究,也就是我们在全身协作的时候,大脑正在干什么。肯尼科特也提及这样一些点,以及感觉、运动神经中枢的普遍规律。比如成年人大脑中的神经元连接,90% 和"抑制"(inhibit)有关,也就是说,克制住一些反应。弹钢琴的时候,一个手指有动作,其余四个不要跟着动。抑制和训练自己"不做什么",极为重要。而"不做什么"之意义巨大,可以说涉及每一个脑区。从一般意义上的疾病来说,亨廷顿病、帕金森症都因为大脑的一部分抑制功能受损,病人会出现不由自主的抽动。而上文所说的这个独立性训练,差不多贯穿各种技能,让"自然人"变成有技能的人。

演奏的过程,全身都参与音乐,也将音乐内化到自身,对人的影响和印象都不可替代,甚至可以说重写了大脑之内的神经元连接。但是,神经科学的成果和准则,仍然无法帮人深入到音乐极细微的地方,因为那毕竟来自文化和历史,来自科学的触角之外。不演奏音乐的人,常感自己会错过许许多多的音乐元素。的确如此，不过能够顺顺利利弹下来甚至背奏的人，也未必就理解得足够。音乐本身的层次很多很细，谁也不敢说能穷尽它。作品跟演奏者又极不平等：演奏标准较客观，演奏者都在不断的批评中煎熬度日。无论音乐多么美妙，你只是那个可怜兮兮等着出错、被责备的孩子。而你因为亲手弹，了解了细节，种种错音更加让人烦恼。努力可能消灭一些问题，但新的问题不断产生——一个大概完美的演奏，也像薛定谔之猫那样抓不住，不知它坐在哪个角落，就是不属于你。肯尼科特引用伍尔夫的小说《到灯塔去》：拉姆塞先生在学术金字塔上攀爬，假如把它比作字母表，那么他已经抵达Q了，整个英国没有几个人……他现在坚实地立在Q上，可是之后的R呢，R之后呢……只有一人能抵达Z，而他只能看见远处的红光。

艺术和思想的世界，真是"道高一尺，魔高一丈"，你想要的永远比自己能做的遥远。以人的多样性、创造力和无穷无尽的小心思，总会给自己创造新的痛苦。作者就提到自己抵达青春期之后，原先面对音乐的自信也无影无踪。无论是孩子还是青年、中老年，无论身处何种状态，抑郁，不自信，烦躁，衰老，艺术都可能放大痛苦，让你终生都逃不过。艺术面对的是这么一个娇嫩多汁的"自我"，无论从哪个点戳中，都能伤得惨不忍睹。

但也同时也会给你快乐和惊喜。深刻的音乐让我们力竭，但让我们成为不易枯竭的人。作者也用了相当篇幅谈《哥德堡变奏曲》中若干变奏，谈巴赫音乐的结构，谈巴赫"为什么"要留下这样一部考验世人的奇作。钢琴家登克（Jeremy Denk）说过，很多作曲家在讲故事，而巴赫是非虚构作家。既然如此，巴赫就是以逻辑和"真实"为力量。肯尼科特说，曾经那么努力地啃一个个变奏，但有时放下甚至遗忘它们的时候，才开始有真正的浸透；而极度的熟悉之后，音乐的逻辑性舒适地凸显甚至自然流动出来，让人无比欢喜。艺术原本为交流而存在，但这样的音乐需要大片的孤独才能承载；孤独和分享之间，音乐反复拷问自己，而且拥有无穷的时间在世上演化。它既可以独立于特定的明星演奏家气场，又把很多代人联系起来。

三

然而从A到Z的金字塔世界之外，仍然有无需评判的叛逆和自得。青春历程中，肯尼科特退过学，逃离过家。无论家搬到哪里他都并不喜欢，"我只想念大雪"。

其实，所有持久、无限之事，遭遇青春之际都会十分艰辛。成长之难，蜕变之难，莫过于此。自由自在，抑或百般纠结地长大，哪个好？人生的问题，直到人生的尽头也回答不出。就在练琴的困境中，妈妈曾为他找到个怪怪但不错的老师，妈妈很崇拜他，跟着上课记笔记，回家会津津有味地在他练琴时重复老师的口头禅和笑话，讨厌极了。不过老师的确有趣并有才，方方面面让人难忘，在读书和了解艺术方面也是真正的老师。和任何略有成就的音乐家一样，老师有一套鼓励和要求自己的套路，所谓的"学习做人"，往往是在追求某一目标，调动自己的全部资源的时候实现的。比如他的口头禅之一是，"意图无用，行动才有。""'我并没想那样弹'是废话，我只看结果"。"你自己决定不好好练习，浪费我的时间，所以不用道歉。"凡此种种，肯尼科特说自己过了很久才认识到并接受。

高中时候，他也开过一些小演奏会，还记得自己常常"一定要出个错，忘一次谱"。演奏会之后照例是妈妈组织的招待会。大家在招待会中照例是恭维和鼓励居多。妈妈不爱烘饼，不过硬着头皮操持了一切，为招待会做了所有小点心。

十五岁时，肯尼科特参加了一个室内乐夏令营，演出贝多芬三重奏。他努力去了解这些成员，竭力合作，终于熬到了效果拿得出手的时候。这时，一向极力支持他演出的妈妈来电话了，要派姐姐接他回家，马上。可以想象室内乐团员们的大怒。他当然窘得要死，努力解释，说妈妈就是这样子，动不动心血来潮，他自己当然想去演出，太想了，可是，最后妈妈来了，但答应了他的请求，没有拉他回家，让他按原计划演完。之后全家到水上餐厅吃饭，不过妈妈碗里的大龙虾一直没有动。

后来才知道，妈妈要他回家是因为原计划正好赶上她与癌症医生的面谈日期。是的，她查出了肿瘤。此时，妈妈奇怪地，好像变成另一个人，格外镇静，说话也温柔了。她惯常的怒气变成忧伤，甚至有点像智慧。

四

当她确诊的时候，她告诉我，"这次我不觉得自己特别了。"当然，我们都是普通的血肉之躯。我年轻的时候，纽约地铁里挂着一个横幅，"对另一个人来说，你就是另一个人"。然而觉得自己特别，才是我们成为人的象征……许许多多的作家，包括母亲，都在努力向世界展现他们的想法、创造力、知识和洞见——在此同时，怎样铭记自己的渺小？母亲显然做不到。

在最后几个星期里，她不断抱怨全身疼痛，"我不想再这样下去。"可每当我提到临终舒缓治疗，她马上又将话题转到怎样继续有效治疗。

大概是因为她最后的时刻很长很慢，好像一种螺旋式的下降，而我们有太多的时间来准备最后的时刻。那一刻，我们在她身边游泳，在她的死亡的海里，看着她。

她去世的时刻很平静，对死亡来说，已经是最平静的一种——不太痛苦，也不太愤怒。她简单地离开了——先是深深吸了口气，然后停了四十多秒，然后又吸了一口……停顿成为永远，人不在了。

——戴维·里夫（David Rieff，苏珊·桑塔格之子）在《泅泳于死亡之海》中对母亲最后的回忆

医生来到妈妈床前，妈妈不介意打开病号服，露出枯槁的身体。"我已经没有羞耻感了。""不不……"但我把头转开。母亲赤裸的身体让我呆若木鸡。

姐姐在跟医生争论："如果现在给她如此剂量的止痛药，下次疼痛袭来就不会管用了。""怜悯我，让我离开吧……"妈妈哀求。让妈妈赶紧结束？枪杀她？勒死她？……不然又怎么面对她几小时的惨叫？姐姐进了妈妈的病房，但立刻转身出来，面色苍白，倒在凳子上。"我看见了妈妈的胃部！太可怕了！"医生还在否认，说"这很正常"。"妈妈在活活地腐烂。"姐姐告诉我。

"医生说她会像一支蜡烛熄灭那样安静地离去，事实根本不是这样的！"姐姐在电话里抽泣说。

——《平静的死亡》[1]，西蒙娜·德·波伏瓦

我母亲患上了动脉硬化，血管堵塞，四肢无法获得血液。她经历了好几次截肢，真的很可怕，总之他们把她切割得无可再切。我不知道这样做是不是最有利，但那时候医生就是这样做的。

当她的情况愈加糟糕，玛提、夏皮和我轮流去弗罗里达看她……她在昏迷中，好像已经昏迷了几个星期。我正在她的床对面的窗户前，跟兄弟说话，"你觉得她能听见咱们吗？"一个声音从那边传过来，"当然！"

我们都吓得差点从窗户中掉下去。这时我才知道人在昏迷中也是可以听见的，你说话要当心，并且一定要跟他们说话。后来，我在濒死的人身边，就一直说话，因为这是生命的一部分。死亡变得熟悉，它不再是个秘密的仪式。

——作曲家菲利普·格拉斯在回忆录《无乐之词》中记录母亲去世前的情景

---

[1] 标题为反讽，波伏娃的母亲经历了极为痛苦缓慢的死亡。

当我坐在她去世的床前，让我万箭穿心的并不只是我对自己死亡的恐惧，而更多的是我目击一个不快乐的生命来到一个不快乐的终点。

死亡并未给她带来智慧，生活也并未给她带来快乐。她在痛苦中死去，没有任何意义上的平静。虽然她的死原本是"善终"：享有最好的医疗和止痛措施，儿孙环绕，而且无人脱离中产阶级的生活轨道，没有人离婚、抛弃孩子，没有人吸毒。

父亲选择了母亲生前看上去快乐（或者尽力显得快乐）的照片，这样我们对她的总体记忆就是：一个快乐漂亮的年轻女人……没人提到她余下的生活，那些难过、生气和说不清原因的勃然大怒，那些争吵不休的时刻……死亡切割了我们和她的联系，我们永远无法理解那些愤怒了。

不仅她离开了我们，"理解她"这个艰难工程的能量也消失殆尽。

——《复调》

她已经开启了死亡的历程。我已经停止了一切治疗和检查，让她自己慢慢离开。这是去年十一月，医生在我母亲病房里对我说的话。"会有多长？"我流着泪问。"从几个小时，到两星期，都有可能"。曾经，我们也有过奇迹般的治疗效果。

——我自己

五

研究巴赫的学者、管风琴家伊尔斯利（David Yearsley）的研究课题里，就包括"音乐和死亡"。巧的是，他的文集就叫作《巴赫和对位的意义》（*Bach and the Meanings of Counterpoint*），其中第一篇题为《死亡的艺术》。巴赫为管风琴写作的十八首《莱比锡众赞歌》中，BWV 668 就被认为是巴赫的绝笔，"死亡之床众赞歌"。1751 年，它附在《赋格的艺术》后面一起出版，标题为《我站在你的王座之前》（*Vordeinen Thron tretich hiermit*）[1]。这首曲子本身就是个复杂的对位。巴赫的藏书中，有五卷神学家穆勒（Heinrich Müller, 1631—1675）的著作，巴赫的康塔塔的部分歌词也取自其中，其中《爱之吻》（Liebeskuss）一章就不断提到"音乐中的狂喜以及我们的参与"和"天堂般的音乐让我们拥抱死亡"。在穆勒的诗篇中，死亡常常被比喻成睡眠。

在伊尔斯利的叙事中，巴赫用外表宁静的 BWV 668 对位来准备自己的死亡。而他的死亡，直接原因

---

[1] BWV 668 有两个版本，很可能巴赫在生命的最后一星期修订了它。

是中风（有人说是眼部手术，但死亡日期是手术四个月后）。那时的基督徒，对死亡的想象和体验能有多真实？死亡离日常到底有多远？我们恐怕猜不出。一方面身边的死亡很多，另一方面对死亡的知识和记载可能很少。无论如何，死亡是宗教中恒常的话题。巴赫之前的大师们比如布克斯特胡德、帕赫贝尔等等，也写过跟死亡相关的对位作品，往往是在葬礼上演奏的，安详而平稳的音乐。此时死亡本身的复杂和生命的肮脏已经度过，死亡的痛苦也已经留在身后。葬礼是生与死的连结，但那只是虚妄和抽象的一种。

巴赫的死亡音乐，以及音乐中的死亡视角，的确可以作为研究课题。路德宗的仪式也为此提供了大量的材料。而在今人的口舌里，死亡被讲述得更多更细，它本身是一门哲学，也是一门科学，已经有无数书籍写过死亡的定义、濒死的体验以及现代医学中，生和死愈加模糊的界限。

"无论是为了自身的承受，还是更好地理解病榻上的家人，我们想知道生命结束时的想法。对多数人来说，死亡仍然是个秘密，人们既害怕它，又将之浪漫化。""人类，不管承受了多少特别的礼物，仍然是这个生态系统的一部分，而自然并不加以区分。我们死去，这个世界才能继续活着。我们曾经获得生命的奇迹，也正因为亿万的生物为我们让路。我们死去，所以别人、别的生物可以继续活。在自然世界的平衡中,一个生命个体的死亡,象征着生命持续的胜利。"这是努兰医生在《死亡的脸》一书中的话。死亡对死者意味放松和放手,但在旁人看来肮脏而可怖,躯体惨不忍睹,还会有令人难以忍耐的体液和气味。现代人的生活已经不能容忍这些景象,所以现代医院藏起了死亡对人的视觉冲击,而它曾经是19世纪前的日常。直到今天,真正平静的死亡并不多,用努兰医生的话说,他盼望自己有那样的好运。

一切回忆都在葬礼之后缓慢重建。

"我们是个奇怪的物种,总是在修修补补:生孩子来修补婚姻,跑马拉松来修补心灵创伤,学音乐来缓解悲痛……我们在生命中跌跌撞撞来抵达某处,我们痛苦以获得快乐,我们活着,为了拥有过一生。"这仍然是《复调》中的话。而我读到这里,又想起努兰医生书中的结语:"我们会死去,以便让别人、别的生物继续活。"开始写作复调的时候,肯尼科特的母亲去世七年了,两人相处的痛苦大概已经淡化,他的生活会轻松很多。他会因此感到内疚吗?其实他仍然在不断想象自己的死亡,以求理解母亲。"继续弹哥德堡,帮助我治愈失去母亲的痛苦了吗?完全没有。音乐至多是个替代品,让我们暂时告别死亡和丧失;可是它也让我们更加意识到自身的渺小。练琴让我缓解焦虑,同时也让我意识到完整弹好它将永远是个未完成的计划。"肯尼科特人到中年后，还千里迢迢去见了一次当年的老师，弹一遍哥德堡，而老师作为朋友又听了一次。他弹了主题和十个变奏，老师再次指出问题。人到中年，目标不再是钢琴家，甚至不是弹好一个曲子了，只想给人看一下自己的变化，是好奇也是确认。

读这本书的时候，我重温了关于巴赫的一些论著，也重温了治疗癌症、临终关怀的书籍，因为陪伴重症亲人也曾经是我生活的一部分。无数无数次，我眼前闪现这种多重生活的片段：生活蒸馏出纯净的音乐，但人还是要面对生活的阴暗和丑陋，以及许许多多歇斯底里的恐慌，和"别人无法理解的勃然大怒"。但我也常提醒自己，今天我们所面对的一切，无论物质和精神，都与前人有关，也就与死亡有关。既然人类有所传承，生和死就不那么截然分开。而生活是树状的，每个节点之后还藏着无数节点，想压平它是徒劳。若要回忆，只能终结于修剪枝叶，但也可以凸显各种隐藏的联系。疾病、死亡、历史和音乐可能在某种结构中突然成为连通图。

所以，我们创造出那么多种愿景去软化死亡的概念，也用各种形式，甚至用一生的时间去准备它，亲人的亡故也会不时把它带到台前，也许增加一丝"令人不安的智慧"，像书中所说的，discomfiting wisdom。死亡就像《哥德堡变奏曲》的主题一样，深埋在生活深处，很难辨认。但无论你辨认与否，它一直都在，直到终点。

参考文献

1. Philip Kennicott, *Counterpoint: A Memoir of Bach and Mourning*, W. W. Norton (2020)；中译本为《复调：巴赫和生命之恸》，王知夏译，未读·北京联合出版社，2023 年 1 月。

2. What Did the Great Master Bach Die From? https://www.ncbi.nlm.nih.gov/pmc/articles/PMC8033928/.

3. David Yearsley, *Bach and the Meanings of Counterpoint*, Cambridge University Press (2002).

4. Sherwin B. Nuland, *How We Die: Reflections on Life's Final Chapter* (1995)；中译本为《死亡之脸》，杨慕兰译，海南出版社，2002 年。

5. Philip Glass, *Words Without Music, A Memoir*, Liveright (2015).

6. David Rieff, *Swimming in a Sea of Death: A Son's Memoir*, Simon & Schuster (2008).

7. Simone De Beauvoir, *A Very Easy Death*, Pantheon (1985).

图书在版编目（CIP）数据

音乐之错 / 马慧元著. -- 上海 : 上海文艺出版社,
2025. -- ISBN 978-7-5321-9260-1
Ⅰ．I267.1
中国国家版本馆CIP数据核字第2025YQ2123号

责任编辑：肖海鸥　叶梦瑶
封面设计：张　卉 / halo-pages.com
内文制作：常　亭

书　　名：音乐之错
作　　者：马慧元
出　　版：上海世纪出版集团　　上海文艺出版社
地　　址：上海市闵行区号景路159弄A座2楼 201101
发　　行：上海文艺出版社发行中心
　　　　　上海市闵行区号景路159弄A座2楼206室 201101 www.ewen.co
印　　刷：苏州市越洋印刷有限公司
开　　本：1092×850 1/32
印　　张：9.5
字　　数：163,000
印　　次：2025年3月第1版 2025年3月第1次印刷
Ｉ Ｓ Ｂ Ｎ：978-7-5321-9260-1/J.640
定　　价：59.00元
告 读 者：如发现本书有质量问题请与印刷厂质量科联系　T: 0512-68180628